如何學做小妹妹的大哥哥

誰在懷念羅霈穎

目錄

後記

不完滿的完成

序詩

盛夏最高亢的蟬鳴

——痛悼小妹霈穎猝然辭世

盛夏最明亮的一道曙光中
妳呱呱墜地，啼中含笑
有如蟬鳴，舒展清晨第一聲嘹亮
由近而遠，由弱而強——傳遍天下

而蟬是一架微型迷你的

聲音除濕機
把淹沒水底沉默糾纏的回憶
烘乾成天邊自在蓬鬆的白雲

讓閃電倔強
在黑夜裏突破陳腐的偽善禁忌
任笑聲豪爽
在風雨中泯滅無謂的蒜皮恩仇

盛夏最熾熱的正午日色裏
妳身形一轉，發熱發光
有如蟬蛻，留下一身透明的軀殼
瞬間變身，隱入黃昏——微光之中

上聯用「漢隸」雄渾潑辣之筆，寫妹妹戲說玩世的影視演藝生涯；下聯用「漢簡」爽利舒展之筆，寫妹妹整潔任性的日常家居生活。

附記：比我小十二歲的妹妹璧玲羅霈穎，出生於盛夏，在六十誕辰前十日，猝然與盛夏永辭。她一生未婚，一直是羅家最小的妹妹。倉促間，她匆匆告別了我們近一甲子的手足情緣，留下了無盡的錯愕與深切的痛惜。在此以小詩一首，輓聯一副，遙祭她在天之靈。聯曰：

倔強豪爽大俠女
活潑淘氣小美眉

自序

一把會閃光的扇子

——品味至上．公益第一

不經一番細心撫摸遺物，多次沉思敲擊回憶，不能真正深入理解懷念一個逝去人。

妹妹過世一年多後，我終於奮起操辦喪事所剩下的餘勇，振作精神，開始查檢她遺留下來的各種收藏。其中，最費事的，是清點她存放在銀行保險箱裡的物件。在國稅局的催促要求及監督下，整整花了我一年時間，克服申辦種種繁雜文件，通過鑑定估價驗證，經歷層層關卡手續，方才能取得鑰匙，正式開箱清點接收。

我以前只知道妹妹喜歡花大錢買名牌，是世界各大奢侈精品店的大客戶。一年多來，從她信箱中發現，除了國內外仍繼續不斷寄來的新款精品文宣外，其餘全是公益慈善機構的勸募信、感謝狀，範圍之廣，項目之多，大大出乎我的意料。我回頭細讀她的流水帳簿，方才得知，歷年來她匿名從事的公益活動與捐款，不亞於她在精品收藏方面的支出。

說起妹妹的精品收藏，當然以服裝、首飾、鞋子、皮包為大宗，數量多且精，品質高又雅，樣式新穎，品味脫俗，全都保存細心，歸置有序，井井有條，有如美術館庫房。後來發現，連她的日常用品，從寢具梳洗化妝，到餐具鍋碗瓢盆，甚至到大小垃圾桶，通通都有來頭，不是國際名牌，就是設計限量，五花八門，無所不有。

事實上，在她住的小公寓中，規劃最完整大方的，就是她的衣帽化妝空間及收納櫥櫃隔間，其中各種防潮烘烤設施，除濕電器，一應俱全，不亞於博物館的恆濕恆溫配備。其中各種空間的設計利用，緊湊又完整，充滿了匪夷所思的巧妙安排，明倉暗門，虛實交錯，令人嘆為觀止。弄得我，不得不花費相當一段時間，才摸清其中竅門，找到遍尋不著的重要文件及私密檔案。

我對各式名牌，本來一竅不通，好在拜網路之賜，只要點開Google，任何陌生的奇標怪牌，一索即得，幾個月下來，把我訓練得對各式國際精品，也變得如數家珍。

其中較能引起我的興趣的項目，首推她所蒐集的香水瓶，造型充滿創意，多由名家設計，編號限量，與中國的鼻煙壺收藏，有異曲同工之妙。

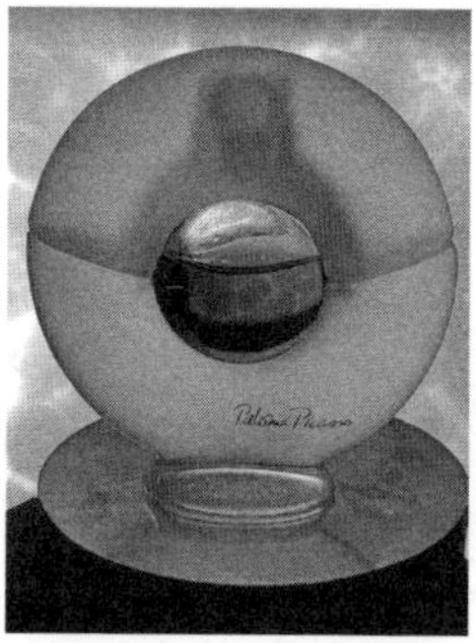

帕蘿瑪·畢卡索（Paloma Picasso 1949-）設計香水瓶：「圓中圓」。

畢卡索（1881-1973）《帕蘿瑪小像》（1951）七十歲作。

西方名牌設計香水瓶收藏史，不到兩百年，從十八世紀中開始，漸成氣候，到了二十世紀末，名作、名家輩出，時有精品專拍舉行。妹妹的藏品中，名牌如凡賽斯（Versace）、魅影（Ghost）的香水瓶，當然必備。由個別名家設計的，也有一些，例如畢卡索（一八八一－一九七三）女兒帕蘿瑪（Paloma Picasso 1949-）的「圓中圓」，便是一例。

帕蘿瑪是畢卡索最鍾愛的小女兒，三歲時（一九五一），還博得七十歲的父親，為她畫像，成了畢氏兒童肖像中的名品。頂著父親光環長大的她，雖沒在繪畫上續有發展，但能在設計上，一顯長才，也算是承繼家學了。

從小就對奧黛麗．赫本（Audrey Hepburn 1929-1993）著迷的妹妹，家中掛著她《第凡內早餐》（Breakfast at Tiffany's 1961）的菸斗劇照，第凡內出品的各色物件，她皆不吝蒐羅，連廚房那只笨重的不鏽鋼菸灰缸，都是第凡內的。至於衣服，妹妹也多以黑色為主，身材舉止，多方仿效，直追本尊，就差沒有叼著赫本頰邊那枝長長的菸斗桿了。

奧黛麗．赫本（Audrey Hepburn 1929-1993）《第凡內早餐》（1961）

不過羅霈穎到底還是羅霈穎，少女時代的偶像歸偶像，成熟後的她，當然要大張旗鼓豎立自己的風格。她家中最顯眼的牆上，掛的是自己的漫畫像，亦莊亦諧，一臉捉狹式的撒嬌，正在準備表演搞笑惡作劇，客人一進門，抬眼就可看到，非常醒目，印象深刻。

妹妹的名牌衣物，多不勝數，足夠開一兩家服裝精品店而有餘。可惜我對時髦女裝，毫無所知，掛起來照相建檔時，但覺滿眼奇形怪狀，上下失聯，弄來弄去，連正面反面都搞不清楚，更別說如何穿戴了。眉頭皺了半天，只好撓撓頭，交由內子處理。

除了赫本的照片，牆上還掛有青年早夭的搖滾巨星墨里森（James Douglas Morrison 1943-1971）的唱片剪影頭像，這倒是有點出乎我意料之外。

妹妹上高中後，我選了一些心愛的黑膠唱片送她，從鮑布狄倫（Bob Dylan 1941-）到各種流行樂團，從凱露金（Carole King 1942-）到蕾妮米契兒（Joni Mitchell 1943-），同時還特別推薦，我最喜歡的梅蘭妮（Melanie Safka 1947-），尤其是她的〈嶄新的鑰匙〉（Brand New Key）一曲，以便好歌同享。當然，萬

《羅璧玲漫畫像》。

戶合唱團（The Doors）的《Light my fire》專輯，也在其中。

墨里森是萬戶的主唱，被美國搖滾樂壇譽為史上最有才華、影響力巨大的詩人創作歌手。他高中時就迷上德國哲學家尼采、法國詩人藍波及存在主義諸名家，同時也熟讀本土敲打派詩人作家如金斯堡、費靈歌諦……等。他瘋狂閱讀，博覽聞所未聞的異書奇作（offbeat books），勤奮撰寫讀書報告，惹得老師以為他說謊瞎編，親自跑到學校圖書館去查證，未果，繼續一直查到華府國會圖書館，方才釋懷解疑。

墨里森（James Douglas Morrison 1943-1971），唱片剪影頭像。

大學時，他入加州UCLA電影學院，主修劇場藝術（一九六五），卻不時跑到英文系比教文學組去，隨名詩人赫斯曼（Jack Hirschman 1933-2021）鑽研法國詩人戲劇家阿圖（Antonin Artaud 1896-1948）的「殘酷劇場」（Theatre of Cruelty），開啟了他以後迷幻影劇、暗黑詩意的演唱風格，同時也間接導致他藥物過量，猝死巴黎公寓的悲劇，年僅二十有七。

墨里森去逝那年，我剛到美國留學，專攻比較文學，有機會正式領教原汁原味的搖滾撞擊與震撼；對歌曲中的憤怒抗議情調，大感興趣，有心深究；但對歌手的頹廢糜爛生活，卻只是冷眼好奇，旁觀而已。沒想到二十幾年以後，妹妹居然會成為墨里森的歌迷，還在居所懸掛他的圖像，成了她青春火焰的永恆象徵。

也許是遺傳了母親惜物愛潔的習慣，妹妹用過的東西，雖然數量龐大，儲存不易，但卻都大多保存完好，齊整如新。從手飾、皮包、衣物、鞋子到擺設、珍玩、餐具、廚具，無一不是放置妥當，井井有條。許多她的生前好友，看到或知道她有這樣的習慣，不時打電話來，殷勤表達購買收藏，留做紀念的意願。彼時妹妹出殯尚未滿一年，我對她的收藏長物僻好及匿名公益活動，尚無清晰輪廓，故爾多半溫言婉拒，推說將來擇期處理。

近幾個月，下定決心，日夜不停，將妹妹這些藏品，分門別類，攝影造冊，數位存檔，從頭到尾，仔細整理了一番，深入瞭解了一遍。面對眼前堆積如山的物件，一時之間，也不知如何安排處理。於是，轉念換個角度思考，認為挑選其中適當物品，舉辦一個以慈善為主的「羅霈穎藏品公益拍賣會」，不失為一兩全其美的解決之道。

在檢查桌前櫃上的瓶瓶罐罐之際，忽然從角落裡掉出了一把烏骨成扇。妹妹的摺扇不少，東塞西藏，不時可以發現，無啥稀奇。不過，這把扇子不同，靜靜落在床邊陰暗的角落，居然還能從摺疊的扇頁中，發出閃爍的光芒，有如妹妹慧黠的眼光，似乎在誇張招呼，引人注意。我慌忙拾起，打開一看，雪白的扇頁上，有毛筆橫書「戒菸容易戒你太難」八個大字。原來是一把近來流行的LED「蹦迪折扇」，上書各種彰顯個性，囂張耍酷的俏皮閒話，或時尚狂言。

《戒菸容易戒你太難》（正面）LED 電子扇一柄。

折扇在中國流行，始於北宋，原名「檜扇」（hiogi），從日本經高麗傳到中土，名稱多樣，計有「倭扇」、「折疊扇」、「撒扇」、「聚頭扇」、「高麗松扇」、「白松扇」、「折扇」等，以其新奇實用，廣受文人雅士喜愛，成為社交酬答的最佳媒介。到了明代，沈、文、唐、仇……等書畫大家，都有精工至極之作，遂令扇面及成扇，在卷軸、冊頁、斗方之外，成了書畫表現的重要形制，收藏者眾。到了近代，藏扇名家迭出，超越前賢。

大畫家曾佑和博士（一九二五—二〇一七）曾於一九八二年率先研究摺扇發展史，撰成英文專書展覽目錄一冊，特命我中譯，以廣流傳。我也因此，在機緣適切時，收入不少書畫成扇及扇面，不時把玩欣賞。然而，能夠一經碰觸，就在扇頁扇鶻之間，靠電子晶片之力，隱約閃爍發光的扇子，此乃首例，

《閃亮回憶》（反面）LED 電子扇一柄。

實為兩千多年來，絕無僅有的創製。

我感嘆，時代創造發明不斷，日新月異層出不窮，小小一把時尚流行扇子，竟能讓自認見多識廣的我，眼界為之一開。於是興緻突然而起，轉身磨墨沾筆，在扇子背面，篆書四個大字：「閃亮回憶」，並補上朱文印：「回響」一方引首。然後把過去的閃亮與如今的慨嘆，全都匯聚於扇頭，摺疊入扇內，輕輕掛在心頭一角。

回憶一年多來，我不知不覺間，陸續寫成十幾篇祭妹文，默默掐指一算，字數已然高達七萬多，足夠單獨印行成冊，成為紀念兄妹情的專書。

鳴謝

首先要感謝〈中國時報・人間副刊〉主編盧美杏女士，熱心催促邀稿，使我有機會在妹妹出殯前夕，以一個多鐘頭的時間，草成書中第一篇文章〈比大哥哥都還要高——如何學做羅霈穎的哥哥〉；同時也要感謝深圳《南方週末》主編朱又可先生，安排全文連載，擴大了文章的讀者群。二位主編，不約而同，慷慨撥出最豪華大方的版面，隆重推出每一篇續稿，令我為之汗顏。

接下來，我要感謝印刻出版社長總編輯初安民先生的勇氣、慧眼與決斷，願在出版界如此艱難的時刻，圖文並茂，精校精印此書。

同時也要向我的學生，名小說家張國立先生致敬，欣慰他對此書不懈的關切與支持。

最最後，也是最最主要的，是感謝陪我漸漸老去的老牌讀者，還有隨我漸漸成長的新進讀者，感謝大家對文學作品溫暖的呵護、堅定的信心與不息的熱愛。

卷一

一滴黑色發光的淚

比大哥哥都還要高

楔子 羅青是誰？

本來一般人是這樣問的：「羅璧玲是誰？」──答案當然是：「噢！羅璧玲是羅青的妹妹！」後來，卻全都變成這樣問：「羅青是誰？」──「啊！是羅霈穎的哥哥！」好像任誰都可以這樣不假思索的回答。

儘管妹妹四十五歲以後，為了各式各樣的原因，把身分證上的名字，改成了「羅霈穎」。我們家人親戚之間，私底下還是改不了要叫她「小玲」或「璧玲」。

你比大哥哥都還要高

我們兄妹二人都屬鼠，因此妹妹小我整整十二歲，而比她屬龍的二哥，則小了八歲。年齡的差距，造成了我們兄弟與妹妹，似遠實近，又時近時遠的特殊關係。

三十二歲青春年華正盛的母親與四十歲事業蒸蒸日上的父親，整天盼星星盼月亮，終於盼來了一個口含白金湯匙的女娃娃，喜出望外之情，可想而知。他們對這顆天上掉下來的掌上明珠，疼愛有加，百般嬌寵，是再自然也不過的事了。對父母來說，女孩子遲早要走上，嫁人結婚、相夫教子的道路，小時候稍微驕縱一點，應該沒什麼關係，

羅霈穎三歲時站在庭院美人蕉前。

等長大懂事之後，必定會自然而然的安分下來。女孩子家嘛，怎能照男孩那樣養。

這，看在我們兄弟眼中，總覺得有點不對勁，與我們先前所接受的家教，大相逕庭。當初讓我倆分別剃著光頭、小平頭，吃盡各種苦頭的「嚴刑峻法」，到了妹妹這裡，全都不修而廢，整個倒退到一個無政府狀態！這，怎麼得了。

對我來說，嚴厲受罰的往事，年代似乎已經恐龍，早就痂落疼忘，帳無從算，計不再較。弟弟則不然，手心屁股的諸般疼痛，記憶猶新，看到當初恢恢的法網，現在疏而全漏，形同虛設，難免生出護法天王主動出擊的雄心，非要嚴格執法，決不寬貸。

十七八歲的楞小子與八九歲的小丫頭，大鬥其法，吵吵嚷嚷，攻防進退之間，真真假假，充滿了滑稽打鬧劇的歇斯底里，成為日後妹妹戲說從前加油添醋的好題材。兩年不到，聯考一再受挫的弟弟，抽中了偉大的特種部隊上上籤，開始在「報告班長」的響亮口號下，下海上山，發揮他過人過剩的精力，這一段兄妹大戰的辛辣酸甜回憶，便不得不戛然而止！

我考入輔仁大學英文系時，妹妹才剛要自幼稚園畢業。她念的是天主教若石幼稚園，就在我家花園洋房旁邊，僅一巷之隔，從二樓臥室外蔭涼的大陽台上，穿過花園樹叢，便可俯視沿巷而築的紅磚牆內，小朋友玩樂歡鬧的畫面。

頑皮的弟弟也是該園的傑出校友之一。他老是在操場上被王神父揪耳朵的英勇事蹟，在親友間傳頌一時，這是媽媽親眼偵查到的。乖巧的妹妹，則是神父修女的最愛，因此她最喜歡的小老師，也就常常順便親自送她回家，久而久之，與家人便成了朋友，一直保持聯絡至今。她就是後來榮獲聯合報小說大獎的名作家許台英。

妹妹的幼稚園生活，可謂多采多姿。比我上幼稚園時的花樣，多出了好幾倍。她兩歲半時，台視已經開播，常常跟母親隨著歌唱節目練唱。母親生性喜歡唱歌，在青島倉口小學當過老師的她，邊彈風琴邊教唱，是必備的看家本領之一。因此我們家三個小孩，也都喜歡開口高歌。據云，我一歲多就能隨母親唱完〈中國童子軍〉這樣高難度的歌曲。直到現在，這首歌的旋律，仍盤旋在我腦中，揮之不去。

我嘛，只是會唱歌而已，弟弟則更進一步，學會了彈吉他。後來他死纏爛打，硬逼著父親，設法從香港為他買來一套最新式的電吉他，讓他興匆匆的去籌組沒多久就解散的電吉他合唱團。

只愛書畫的我，樂器緣淺，完全與絲竹管弦、吹拉彈奏無涉。

父親非常喜歡拉胡琴，不時自拉自唱一段《四郎探母》，雙眼微濕，懷念自對日抗戰後，一別三十年，留在湖南鄉下的祖母。母親常彈風琴，家中電視機的斜對面，便靠牆擺著一台腳踏風琴，不時傳來母女二人練唱的歌聲。幼稚園每年舉辦的親子園遊會、聖誕節晚會，還有各種比賽，都少不了妹妹參加，擔任要角。只見她一會兒打扮成仙女，揮舞彩帶；一會兒變裝成俏皮村姑，擺弄花籃，載歌載舞，活蹦亂跳，成了全家的開心果。

因為我隨溥心畬習畫的關係，父母在我書桌旁，安排了一張小畫桌。於是這張有筆墨顏料的桌子，便成了妹妹的最愛。有一天晚上，做完功課，我摹仿畫牛名家梁中銘，在一張台灣棉紙上，用簡筆塗了一頭半身浸泡在河水裡的台灣水牛。第二天，放學回家一看，水牛不見了，畫面上只剩下了一塊大黑石頭。這一定是小玲幹的，我心裡有些冒火。沒想到妹妹卻一嘴墨汁的跑了過來，邀

于彭《藏在石頭裡的桌子》（局部）

功請賞的說：「我讓牠躲到大石頭後面去睡覺了！」

這張畫現在流落何方，已不可考。但二十年後（一九六八）畫家于彭（一九五五—二〇一四）作了一張大畫相贈，並請我題名，我發見畫中大黑石頭中，藏了一張桌子，便不假思索的，濡墨沾筆，題了「藏在石頭裡睡覺的桌子」幾個大字。轉眼細看全畫，樹石之間，有大小子也有小姑娘，還真有些當年桌上塗鴉的樣子。

還記得有一次，妹妹在院子裡，看到從成功嶺放假回家的我，一身戎裝，好不羨慕，拉著我，一會兒要這樣，一會兒要那樣，一會兒又要與我合照，稚態可掬。只看她跑到一株高及我胸的美人蕉前，問我說：「大哥哥，你看是我高？還是花高？」「傻啊瓜！當然是花高！除非吃了仙丹靈藥。」我漫不經心的回答。

「不嗚對！」她翻著白眼反駁。「嘆嗯？」我噘嘴愣了一下，腦筋一時還沒有轉過來說。

「只要大哥哥把我抱起來，我不就比花高了嘛！」她大聲笑著說。於是我順勢把她高舉過頭，咧

羅霈穎六歲時與大哥合影。

著嘴，對半空中咯咯大笑的她喊道：「這下，妳比大哥哥都還要高。」

快滿六歲的她，已經很會做妹妹了，而我這個笨丘八，總是被動的，似不會又好像會的，才剛剛開始學習，怎樣做妹妹的哥哥。

這一學，就學了半個世紀。

一滴黑色發光的淚

一　頑皮兄弟女嬌娃

我們家，多年來都是男生天下，食衣住行玩具，都走陽剛路線，連本來老實膽小的我，為了應付慢慢變得刁鑽好動的弟弟，也不得不勇武霸道，作風強悍起來。

久而久之，媽媽對我們兄弟講話的聲音，漸漸由溫柔的輕聲細語，轉變成大嗓門獅子巨吼，而且手中隨時拿著雞毛撢子，從繞著飯桌追逐弟弟，到樓上樓下追著我，到繞著院子追逐東奔西竄的兄弟倆，家裡屋外，以猛烈的關門推門聲與劇烈的敲門開門聲，拼拼砰砰，組成一套完整的銅鈸鑼鼓伴奏交響樂，演出各種驚險萬狀的「一娘教子」戲碼，鍛鍊了哥倆淘氣的身手，累壞了眉頭緊皺的親娘。

這一切的一切，從妹妹出生後，有了改變。家裡文雅而女性化的東西，越來越多，從「超外差式五燈收音機」搭配「黑膠唱片機」到電視機、電冰箱，從腳踏風琴到立式鋼琴，還有各種英日女性服裝縫紉裁剪專刊、毛線針織設計手冊、時尚服裝雜誌，還有香港影劇月刊，如《南國電影》、《銀河畫報》……之類。這些書刊，比起媽媽為我們訂閱的《學友》、《東方少年》還有香港的《兒童樂園》，在印刷上，都要精美許多。

首先，家裡出現各種大小玩具洋娃娃，讓我們這兩個土頭土腦的男生大開眼界。因為，我兄弟倆的玩具，多半是二人聯手，以土法自製，項目無非刀槍、弓箭、繩索、棍棒之流，種類十分有限。這些洋娃娃中，個頭大的，幾乎比玩玩具的小妹妹還要大，尺寸小的，則僅有小妹妹大拇指那樣小。連剛問世沒有

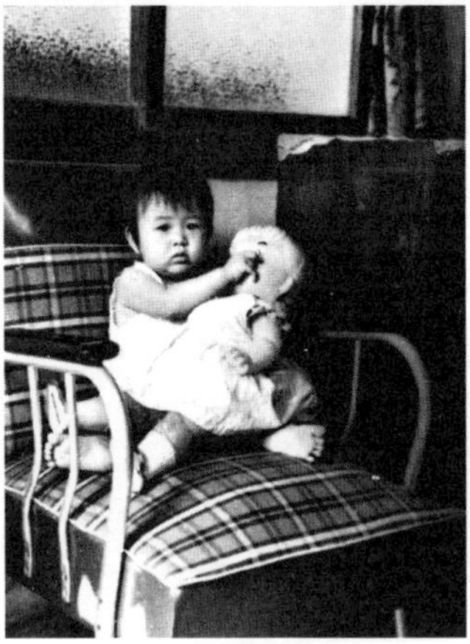

上：妹妹尚未出生前的全家照。
下：妹妹一歲時。

幾年的芭比娃娃（Barbie），爸爸也設法託人，從香港買了一個回來。可惜這些娃娃，大部分都慘遭毒手，或挖眼斷手，或折腳去耳，最後不知所終。凡此種種，究竟是誰惹的禍，如今已不可考。

自從妹妹懂得翻看圖畫書後，給她講故事，成了我的不定期職責之一。常常發揮漫畫筆法的我，總是一邊講一邊畫，務求情節生動有趣，完滿達成任務。

我的漫畫本領，是在小學四年級時，磨練出來的。當時班上來了一位轉學生陳明智，很會利用下課十分鐘，在小紙片上，漫畫各種人物、動物，分送大家，沒多久，就與全班打成一片，尤其受到那些無知女生的歡迎，弄得我十分嫉妒。於是我秘密在家苦練，希望幾天之後，就能與他分庭抗禮。

我要和他比的，首先是速度，他十分鐘可以畫三四張，我就要畫五六張，才能稱王。他人物專畫公主、王子，動物擅長貓狗鼠兔；我則專門練習畫各式各樣的大眼睛公主，以討女同學歡心，並且進一步，開發新題材，畫武將、戰馬，爭取男同學認同。最後終於以能在公主的大眼睛邊，掛上一滴淚珠，成為獨門商標風格，不但大受女生歡迎，連男生也爭著要搶。當然，畫大眼睛與淚

珠時，一定要在旁補畫上十字光閃，增加晶瑩剔透的感覺。

遵奉母命，為哄念小學的妹妹開心，我約略施展兒時漫畫伎倆，當然馬到功成，不在話下。後來在妹妹留下的大筆記本中，還找到幾張當時我說故事時的配圖（如上圖）。雖然紙張早已泛黃，但大體保存完好，半個世紀以後，又原封不動的，回到我的手中。

二　機場送別不揮手

大學四年，我住校，一天到晚，忙我自己的；回基隆老家的次數，間隔越來越長，對妹妹的成長，關切越來越少。只覺得上小學的她，已擁有家人親友滿滿的愛，一定可以快樂的學習，輕鬆的遊戲，無憂無慮的度過童年幸福時光。不過，只要我在家，有朋友來訪，妹妹也在家，我一定請出來，禮貌而正式的做一番介紹。

大一時，我招待班上男女同學來家裡玩，當然馬上把上小學一年級的妹妹請了出來，鄭重介紹給大家，並合影留念。

班上唯一的僑生，是馬來西亞出生的蔡保祿，與妹妹特別有緣。他們結緣原因是，當妹妹知道他是從馬來西亞來的，便一面大方與他握手，一面好奇又信心十足的鐵口直斷：「那你一定是屬馬的嘍！」弄得一頭霧水的保祿，當場愣在那裡，結結巴巴，連聲說是是是，把大家都笑出眼淚來了。因為同學們依稀記得，他好像應該屬豬。

因為孤身在台，每到過年，保祿只要有

由左至右：羅志堅、羅青、羅霈穎與蔡保祿。

空，一定會欣然應邀到我家共進年夜飯，留下不少與我們三兄妹的合照。

大學畢業後，我服完兵役，一面在進出口貿易公司上班，一方面準備出版處女詩集《吃西瓜的方法》。接下來便是出國留學，從西雅圖華盛頓州立大學開始，豪情萬丈，放眼世界。

當年出國留學，是一件頭等大事，而台北松山機場，則成了現代「陽關」，留學的目的地，多半是位在台灣東邊的美國，「西出陽關」因此就成了「東出陽關」，彼岸不但「無故人」可遇，同時也可能造成與此岸親人永遠的生離死別，今後再難相見。於是一人出國留學，眾親朋好友都要來送行，除了基隆的親友鄰居，還有遠從左營北上的姨丈阿姨表弟一家，群聚出境大廳，聲勢浩大。

小學剛畢業的妹妹，一直緊緊抓著我的衣服，低頭跟著，沒有說話。我揹著航空公司送的嶄新手提袋，輕輕撥開她的手，忙著左右轉身，興奮的與大家握手寒暄，一眨眼，便到了手執機票護照，出境驗關的時間。我匆匆通過出境關卡，走了幾步，下意識的回了回頭，與玻璃門外的親友揮別，隱約看到大家都在拚命搖手，只有妹妹一人呆立不動，沒有任何表示。

到了西雅圖的我，走入了一個全新的世界。機場送別的事，早已拋在身後，忘了個乾淨。寫航空郵箋回家報平安時，只簡單的附筆向弟妹問候了一聲。而爸爸的回信，則出之以曾文正公家書的寫法，宣紙毛筆，從頭到尾，一絲不苟的叮嚀下來。信末，連媽媽都沒提，更別說弟弟、妹妹了。

三　黑色發光的眼淚

妹妹的遺體火化後，依照母親的願望，由兩個表弟陪同我，護送包裹在明黃色繡囊裡的大理石骨灰罈，奉安大溪禪寺納骨塔，與父親做伴。

法師開著靈車，一路誦經，帶領我們，上了國道三號，疾駛南行。到了三峽下交流道時，法師沒有右轉，順著恩主公醫院前的四線大道，朝台三線行駛，反而，出乎我意料之外，一個左轉，轉向大漢溪旁的一條小徑，曲折而前。

熟門熟路的我，立刻糾正法師選擇的路線，得到的回答竟是：「按照谷歌導航指示，走這條路，可以避開堵車。」兩個表弟也立刻手機上網，表示同意。

我心想，在這附近活動了近十年，居然不知道有此秘徑！這一下，激起了我的好奇心，暗忖道，不妨姑且一試，說不定有新的發現。

說時遲那時快，車子已經來到大漢溪邊。這兩天，颱風外圍環流，帶來了幾場淋漓滂沱的大雨，原本鋪滿慘白亂石枯枝，奄奄一息的大漢溪，今天居然豐滿四溢，波光湛藍。岸旁一排相思樹，枝葉隨微風舒展，倒影在水中搖曳，於恍惚迷離的水天之間，散發出一種多瑙河式的嫻雅風緻。

盛夏的天空，深藍淺藍對照，乾脆透亮，這一塊那一塊，色彩格外鮮麗；盛夏的青雲，白得清清楚楚，堆得高聳雄奇，這一朵那一朵，形狀刻劃分明；盛夏的植物，葉片在陽光強烈照射下，不時無風自動，閃出玻璃反光，散發不鏽鋼的爽利，充滿生命力的爆發。

陽光似乎在山石草木的體內，裝上了各式各樣的燈泡，讓所有的物體，從內在發光，把所有的影子，都狠狠的濃濃的，打印在地上，列印在水上，影印在萬物彼此的身上，讓所有的生命都相互火燙烙印，感受彼此灼熱的存有。帶著發光發電的活動力與逼人而來的存在感，盛夏輕易的征服了我們每一個人。

出生在盛夏，又告別於盛夏的妹妹，似乎是盛夏的化身，永遠企圖把秋冬銷熔於無形。

想到這裡，靈車忽然轉彎，離開了水岸，進入一片黑暗的樹林，開始左右盤旋的往上爬坡。嗯！殊途同歸，應該距離納骨塔不遠了。台三線的四線大道，兩旁都是水泥公寓，單調乏味，實在毫無可觀之處。懷抱著妹妹的骨灰罈，我很慶幸，能陪她在人生最後一段行旅中，選擇了佛洛斯特（Robert Frost, 1874-1963）所謂「人跡罕至的那一條路」（took the one less traveled by），就像她生前堅持走自己的路那樣。

在重重樹蔭的黑暗中，我回想剛才與表弟執筷撿骨入罈時，面對一盤參差不齊的白骨，嵯峨有如極地拒絕融化的冰河，崔巍又似天邊凝固的白雲，我一時手軟，只有力量撿起最小的一片，輕輕置入深深的罈底。

又回想到，比妹妹大三歲的表弟，在等待遺體火化時，忽然鬼使神差的憶起松山機場送別的往事。他若有所思的告訴我，因為當年是他第一次到台北，見識台北機場，所以印象特別深刻：「送走大表哥後，大家正準備離開，忽然小玲一個人，嚎啕大哭起來，惹得四周的人群，都回過頭來察看，不知道發生了什麼事情？」

蔭暗的山谷中，懷中捧著妹妹黑色骨灰罈的我，有如捧著一滴凝固的黑色發光眼淚，一盞聚光的黝黑大理石燈籠，眼眶裡，強忍了十二個日夜的淚水，終於無聲無息，流淌了下來。

白露為霜在水一方

一　兄妹跨太平洋合作夥伴

我在西雅圖的學業，進入第二年（一九七四），正好梁實秋（一九〇三—一九八七）伉儷亦從台灣移居於此，住在女兒處，安享晚年與家人團聚之樂。我出國前，曾蒙余光中先生（一九二八—二〇一七）引薦，於週末拜訪梁先生於雲和街，相談甚歡，現在居然在異國重逢，正好可以繼續週末之聚。

不久，消息傳來，我獲得台北頒發的「第一屆中國現代詩創作獎」，大會安排五四文壇耆宿葉公超先生（一九〇四—一九八一）親臨頒獎。因為我人在國外，只好請父親代為領受，失去結識另一位五四大老的機緣。

大會同時還需要找一位能代我朗誦詩作的人選，剛剛就讀仁愛國中一年級的妹妹，責無旁貸，膺選上陣。早已習慣上台表演的她，果然陪著父親大方登場，朗誦我的得獎代表作〈吃西瓜的六種方法〉：聽說她，舉止從容，進退得體，咬字口齒清晰，語言節奏流暢，順利完成任務，深得大詩人兼名嘴余光中先生的誇讚，與大詩人朗誦專家瘂弦先生認可，而評委諸公，也對她刮目相看。這是我們兄妹第一次合作，而且還是隔海跨洋默契雙人組，父母親的欣慰之情，可想而知。

羅霈穎朗誦羅青獲獎詩作〈吃西瓜的六種方法〉。

在美留學告一段落後，我興起環遊世界的計畫，先是上下西東，在美國境內遊歷一番，接下來是直搗紐約，找到泛美航空，買了返家的全球套票，從紐約橫渡大西洋，先英國再歐洲，然後是中東、北非，經過亞洲，回到台灣。

全球套票的好處，是愛到哪就到哪，愛停多久就停多久，只要不超過一萬八千公里，航程次數不限，愛搭幾次就搭幾次。當時美國國力如日中天，泛美航空正執世界客運牛耳，泛美不飛的航線，我可執機票轉搭任何其他航空，只要預先訂位，無不暢通無阻。

三個月的環球獨行之旅，身經許多驚心動魄的冒險，甚至被埃及情治單位逮捕，與日本赤軍旅（一九七一—二〇〇一）關在一起，直到他們發現抓錯人為止。終於在九月初，我萬里歷劫歸來，進入輔仁大學英語系報到，開始擔任講師，正式啟動了我長達二十五年的教書生涯。

當年我的課，是從漢米爾頓（Edith Hamilton, 1869-1963）的《希臘神話》（*Mythology: Timeless Tales of Gods and Heroes*, 1942）教起，接下來，一步一步，以 *Norton Anthology of Western Literature* 為基本教材，循序引導學生精讀西洋古

典名著，既開拓了學生的視野，也補充了我的不足。剛剛完成的歐洲各國與希臘、中東之旅，讓我累積了許多精采的幻燈片，對文藝詩歌教學，真是助益良多。

將近一千六百年前（四三九），鮑明遠（四一五—四七〇）深情無比的寫下〈登大雷岸與妹書〉，以漢賦筆法，向小妹令暉，詳述他為了赴任新職，如何備嘗旅途之艱難險阻，飽看山川之瑰麗奇詭，驚訝物產之匪夷所思。全篇文采奇崛幽峭，筆法收放自如，令讀者為之目眩神搖，嘆為觀止，真是一大張發光發熱的風景明信片。文末，鮑照特別叮嚀妹妹：「汝專自慎，夙夜戒護」，簡單八字，使我讀來為之汗顏。

我環遊世界時，每天起早摸黑，在四處忙於貪看風景之餘，也曾潦草寄過幾張明信片回家，但對弟弟妹妹卻無隻字片語之問；到家後，忙著開學備課，厚厚一本旅遊筆記，遂擱置一旁，無暇整理；雖然偶爾會在家人面前，零星敘述一些觀光趣事，但卻一直沒有下筆成文，示諸弟妹，實在有愧此生難得的環球壯遊。

教了三個多月的「希臘神話」後，因發現不時有女生會跑到家門口來站崗，十分棘手，便決定盡速結婚成家，結束單身生活，徹底擺脫類似困擾。

父母親住大房子住慣了，堅認新婚夫婦，還是自立門戶為宜，免得朝夕相見，產生不必要的摩擦，只要小倆口住在附近，可以常回來聚餐就好。這條家規，一直持續施行至今。我們的小家庭，搬來搬去，總是繞著敦化南路一六一巷轉，距離最近的一次是，我們住六樓，父母住一樓，直到二老赴美定居為止。

二〇〇三年，父母從洛杉磯移居上海世茂湖濱花園，與妹妹住的世茂濱江，遙遙相對。從教職退休的我，打著克盡孝道的大纛，常去探望。清早起來，陪著二老，在園中亭台樓閣與荷花池塘之間，穿桃杏之垂花，拂新綠之弱柳，過錦鯉之虹橋，泛雙槳之木舟，享受閒步漫談兼早操運動之樂。不料沒住多久，便被趕了出來，由母親押著，在附近地鐵站旁，自覓合適的畫室居住。二老大約是無法忍受我作起畫來，筆墨與色彩齊飛，畫紙與牆壁一色的恐怖吧。

直到如今，家父過世多年後，母親仍然堅持一人住在百坪大小的高樓公寓裡，雖然與我僅一牆之隔，但卻隔棟而居，各有各的電梯上下，互不碰面干擾。

她從未要求與我同住，也不要求弟妹與她同住。老太太在印傭的協助下，自行安排一日作息，除了我每天過去陪她共進午膳外，其他一切都自己規劃得井井有條，自得其樂。

當年母親劍及履及，幫準備結婚的我們，在敦化南路復旦橋巷子頭，距家步行五分鐘處，租到一間三十七坪大小的二樓公寓，充作新房。這樣一來，對還在仁愛國中念初二馬上要升初三的妹妹，我雖有心照顧，但卻苦於湊不攏時間，見面的機會不多，談話的時間更少。

所幸新居離家不遠，常有時間回去晚飯，可在用餐前後，得知妹妹近況。只見稚氣未脫的她，一回家，便關入自己房內，等到開飯時才出來，絕不去廚房幫忙做些買鹽打醋的零碎活。不久，我才省察到，每天五點後，便有兩三位男同學，或騎著單車或揹著書包，在家門口晃悠打轉。後知後覺的我，才恍然大悟，心目中的小妹妹，早已成了有人跟在後頭亂吹口哨的小美人。

二　顛覆一切十七歲

一年後，妹妹進入天主教崇光女中，正式成為二八佳人大女孩。我則與李男、詹澈、胡寶林、林國彰、萬志為……等人組成「草根社」，在新公園台灣省立博物館舉辦五月「草根生活創作展」（一九七六），嘗試用新奇的方式，推展現代詩及現代藝術。

胡寶林是我旅行歐洲經過奧地利認識的怪才，寫信撮合我們見面的是中國時報副刊主編高信疆。胡是越南華僑，在維也納學建築，喜歡搞前衛藝術，寫現代詩。我返台一年後，他也攜家帶眷，來到台灣，應邀到中原大學教建築。過完春節，我約他在武昌街明星咖啡屋二樓見面，並邀他加入「草根社」。他一口答應，隨即興奮地闡述了他的藝術創意與社會抱負，且當場示範了一場歐洲正流行的「偶發藝術 Happening」（一九五九—二〇一〇）表演。

他請林國彰——「草根社」的攝影專家——拿著相機隱藏在二樓窗口，俯察記錄對街騎樓內外人行道上的動態。他自己則下樓走到騎樓廊柱邊，先是靠柱而立，靜觀來往人群，然後作出腹痛如絞的樣子，渾身扭曲變形，情況越來越糟。只見來往行人，開始有了反應。大家紛紛下意識的遠離寶林，或趨吉避凶的繞道而行；若實在避不開，就只好迅速把頭一別，假裝不見；或根本就大剌剌的，來他個視而不見。

於是胡寶林便順著廊柱滑坐了下去，身體不斷抽搐，最後終於橫躺在狹窄的紅磚道上。這時，一位從明星咖啡屋騎樓走出來的高中女生，跑了過去，彎下腰來表示關心。胡寶林虛弱的躺在地上，搖搖手，表示沒事。女生無奈，揹著書包，欲走未走的，來回走了半天，終於走了。

胡寶林見狀，不得不就地呻吟打起滾來，此招一出，果然奏效，開始有人群聚集圍觀了，男女老少，七嘴八舌，議論紛紛。其中居然還有人，向他身上丟打了一枚銅幣，像在折磨試探一頭受傷的野獸。不過，大部分的人，都擺出一副事不關己的樣子，冷眼旁觀，等著好戲繼續發展；也有幸災樂禍的，似乎非常期待，病情惡化口吐白沫的危局，馬上出現。

看熱鬧的人越來越多，連扒手都來了，然而就是無人仗義伸出援手。尤其是男士，多半看也不看一眼，就匆匆走過。最後還是一位大媽型的中年婦女，手拎黑色皮包，腳踩半高跟鞋，撥開人群，蹲了下來，摸摸胡寶林的前額，問他要不要叫警察或救護車。胡寶林連忙掙扎著撐起身體，低聲說：我這是老毛病，坐在這裡休息一會兒就會好，不礙事。中年婦女，又仔細看了一會兒，夾起皮包，咯噔咯噔的，匆匆走開。

胡寶林怕她真要去報警，於是把腰桿兒蹭著廊柱，慢慢靠坐了起來，過了一陣子，再緩緩把雙腿一縮，變成了蹲踞的姿勢。眾人眼看似乎已經無戲可瞅，便各自悄悄散去。胡寶林則趁著五點鐘下班的人潮，混入茫茫人海，十幾分鐘後，神不知鬼不覺的，又回到了我們拍照的二樓。

有了新血、新觀念的刺激，《草根月刊》第十三期除了出版「兒童詩專輯」外，同時在新公園銳意推出「生活創作展」，大家絞盡腦汁，力求出奇制勝，展出的作品，怪招百出，原創十足，成績斐然。我也推出作品多幅，其中最受矚目的一件，是在一襲白色中式短褂胸前，用墨汁草書「白露為霜」四字，並在短褂兜中，斜插影印詩作一卷，任由現場觀眾，自由抽取閱讀。

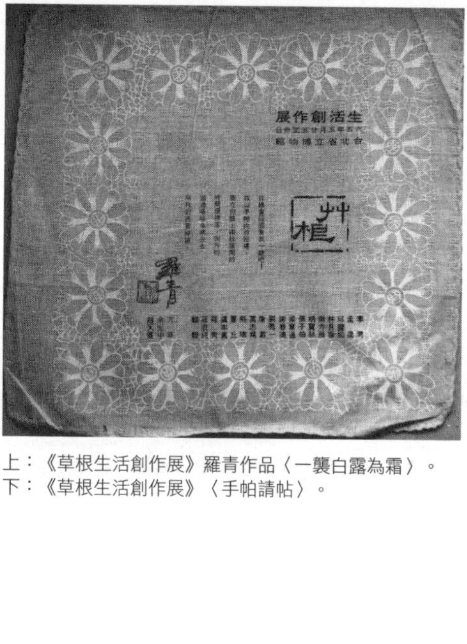

上：《草根生活創作展》羅青作品〈一襲白露為霜〉。
下：《草根生活創作展》〈手帕請帖〉。

為了擴大展出效果，同仁想出各種手段，努力宣傳。單就請帖一項而言，我們就設計了三種，四處發送張貼：一是「名片式」的，二式「明信片」式的，三是「手帕請帖」。考慮到女孩子喜歡精緻纖細的物品，我選了一條金黃色印有詩句的手帕請帖，放在妹妹的書桌上，邀請她來參觀。

妹妹是否有空來看展覽，我不得而知，也忘了問。幾個月後，她拿了幾張黑白照片，在我眼前一晃，說給我看看。我隨意翻了一翻，看到一張她與同學三人合作拍成的相片，不禁愣了一下，問說：「妳照的？還不錯

羅霈穎崇光女中四人組作品〈顛覆一切十七歲〉。

嘛！」「那當然囉，是我的 idea 嘛！」妹妹得意的說。一肚子狐疑的我，高興中充滿了問號，心想，難道對讀書興趣不大的妹妹，血液中也流淌有超乎常人的藝術細胞？

今年八月三日深夜，我接到台北中崙派出所的電話，驚聞妹妹的噩耗，錯愕慌亂，無法接受，在桃園、台北之間，奔波了一晚。困乏已極的我，但卻睡意全無，頂著一頭乾裂蒼白成亂髮的思緒，疲憊的回到充滿晨曦的書房，打開電郵，居然是多年不見的草根社詩友萬志為，從美國加州寫來的：

對於令妹的早逝，我心裡難過又惋惜。還記得草根第一次展覽（一九七六），在省立博物館。展出的最後一天，壁玲和一女同學來觀賞。那時她才高一，模樣清純可愛。

能在這沒完沒了的疫情中，輕鬆的走掉，也是一種福份。她可以與最疼愛她的爸爸相見了。

人生中充滿意外，言語也安慰不了你的傷痛，請你多保重。

我正在躊躇，是否要把妹妹過世的消息，及時告訴住在隔壁的母親，沒想到，事情發生才不過六七個鐘頭，消息已傳遍全世界。

一個人的不幸，全世界都來圍觀，聲勢排山倒海，八卦鋪天蓋地，導致至親的人，反倒戴著苦澀的口罩，在 Covid-19 籠罩全球的疫情下，低眼垂眉，裹足不前。因為大家已經搞不清，人們是在悼念逝者還是圍觀生者。

遭受苦難的人，手足失措，痛苦越多，大眾看熱鬧、嚼舌根的興致，就越高；蒙受不幸的人，捉襟見肘，困窘越大，記者在傷口上撒粗鹽、挖隱私的欲望，也就越強。這些陌生的圍觀與操弄，既無對亡者深入理解之誠，也無對喪家體恤哀矜之情，尊重個資之心灰飛，哀悃慰問之意湮滅，聚散如蒼蠅蚊蚋之隨風，實在無法以人語曉諭溝通。

不過，至親之間，難道就一定能互相深入了解、彼此契合知心嗎？我看也未必盡然！若要真正深入的互相理解，就算窮盡一輩子，都也可能不夠！有時還需看，機緣是否成熟。這回，要不是萬志為驚人準確的記憶力，我哪裡知道妹妹當初曾經攜伴同學，在最後一天，趕去新公園，看過我策畫的展覽，同時還明顯受到了啟發，與三位同學合作，拍攝出一組照片，以為印證。

一九六一年白先勇在《現代文學》上發表〈寂寞的十七歲〉，成為一代青年男孩的「苦悶象徵」。十五年後，到了妹妹這一代，已是《拒絕聯考的小子》（一九七五）當道的局面。她這張充滿象徵意義的照片，似乎應該取名為〈顛覆一切十七歲〉，可以成為當時，甚至當今「自信一代女」的旗艦海報。我想這可能是黃華成、張照堂、阮義忠、王信、謝春德……眾多攝影前輩們，難以想到的。

畫面中的三位女生，已經有兩位，爬出學校社會的條條框框，充滿自信的單手插腰，帥氣而樂觀的，把一切的格格不入，拋在身後，坦然面對逼人而來的現實，放眼睥睨渺不可知的未來。另一位，則還困在狹窄擁擠的低矮框架裡，那儲存掃帚、畚箕的櫥櫃，手執書包，猶疑不定，將脫未逃，小心謹慎，正在思考衡量，破繭而出的代價與得失。

多年來，崇光女中在北台灣高中的升學名次，似乎稍嫌偏低；但崇光女生的想像力與創造力，應該絕對偏高。

現在想想，畫展過後，我似乎應該有把那一襲「白露為霜」，送給妹妹做紀念。因為此是〈詩經・國風・秦風・蒹葭〉中的名句，原詩首節如下：

蒹葭蒼蒼，白露為霜。
所謂伊人，在水一方，
溯洄從之，道阻且長。
溯游從之，宛在水中央。

原來於荷葉上，滴溜來回，自由遊走，白露般晶瑩剔透的少女，現在已成冰冷寒霜一片。眨眼間，半個世紀過去了，忽然驚覺，想要溯洄溯游過去種種，無奈倏乎生死阻隔，彼此已各在忘川（River Styx）一方，再難重敘。

至於那一襲白衣，當初到底送了沒？「只是『如今』已惘然」。

卷二

英文文法一匹白馬

以英文剪碎「夢魘時代」

一九八〇年代，二十出頭的妹妹，開始在台灣演藝圈活躍出道，除了在電影、電視劇、節目主持、歌唱舞蹈……有所表現之外，還有一個十分特殊的封號：「台北甜心」，被公認是少數英語特別流利的青年女藝人，有如一位側騎白馬的國際親善天使，從運動場的彼端，跳躍而來。

台北許多有關國際影藝交流項目，常請妹妹出面接待、主持，甚至專訪。連當年的行政院「新聞局」，也不時邀請她參加相關涉外活動。當然，她事忙時，許多十萬火急的專訪問題設計，都臨時委託我捉刀，多半務求在三十分鐘內交

台北甜心　最佳演技新星。

卷。我常常放下手邊急事，立刻打字交稿，妹妹的最速件，耽誤不得。不過，為應對臨場的千變萬化，她總能隨機求變，靈活調整增減我的文字稿，力求達到最佳效果，從不膠柱鼓瑟，照稿死背。

她頻頻上電視秀英文，最後弄得，居然有人想要商借她的名號，開設英語補習班，以廣招徠。

妹妹之所以能在鏡頭前，把口頭英語，鍛鍊得有模有樣，字正腔圓，自然流利，背後確實經歷過一番曲折的努力。

一九七〇到八〇年代，是台灣高中生的「聯考夢魘時代」，也是台北車站附近南陽補教街的全盛時代。當時，大專院校數量稀少，「大專聯考」錄取率奇低，百分之九十以上的學子，擠不進大學窄門。許多有特殊才能的詩人及藝術家，因為時不我予，紛紛落榜，無法進入大學。例如我認識的天才畫家蔡志忠（一九四八—）、邱亞才（一九四九—二〇一三）、于彭（一九五五—二〇一四）、鄭在東（一九五三—）……還有詩人張志雄（一九五三—二〇〇五），都是例子。

哪裡像今天，大專院校氾濫，錄取率高達百分之九十以上，即使考生對試題一竅不通，趴在桌子上睡大覺，不多時，鈴聲一響，南柯一夢，居然發現，自己已經是大學生了。

八〇年代中期的一個夏日，午後大雨初晴，我到深坑探訪裁縫出身的邱亞才，他一手拿剪刀，一手托畫布，背靠窗外喧譁的溪水聲，怏怏表示，對沒機會念大學，特別遺憾。

我搖搖頭，提出不同的看法，建議說，中國文學方面，只要熟讀司馬遷的《史記》，外國文學則精讀莎士比亞的三十八部劇本及一部十四行詩，朱生豪或梁實秋的譯本皆可，能跟古今中外的大天才一起做朋友，比讀大學強多了，而且永不吃虧；重點是，開始要咬一咬牙，努力啃將進去，四年專精下來，保證比讀任何名校都強。果然，他日後畫筆與文筆並進，油彩畫之餘，還聽我勸，嘗試以書法之筆畫水墨人物；此外，他辛勤寫作不輟，連出數書，得過著名的小說獎。

我的弟弟、妹妹，考大學時，正好遇上「聯考夢魘時代」，遂與窄門絕緣。然而，沒上大學並沒有阻礙他們走上人生勝利組的道路。弟弟經過一陣在南陽街的曲折奮鬥，服完兵役後，半工半讀，進了輔仁大學會計系夜間部，最後如願以償，留學美國，拿到會計碩士學位。他隻身跑到加州，日夜努力打拚，終於順利當上洛杉磯連鎖醫院的財務總監（controller），在幾個連鎖大醫院之間，玩起了被高薪挖角，來回跳槽的遊戲。

妹妹則不然，她雖聯考落榜，但英文卻取得八十以上高分。當機立斷，她聽從我的建議，進入淡水基督書院主修英文，決心把外文學好，以便面對正在快速國際化的台灣，有所施展。書院於一九五九年由美國在華宣教士所創辦，是一所四年制的博雅大學，該院的英文名稱 Christ's College 為蔣宋美齡女士所定，教師多半來自美國，形成良好的美語學習環境。

無巧不巧，一九八二年《拒絕聯考的小子》一書被改編成電影《台北甜心》，妹妹頂著「最佳演技新星」的光環，任第二女主角，親自現身說法，演義她的考前補習生活，聯招落榜經驗。

我們兄妹三人，因為母親喜歡歌唱玩笑的關係，語文能力都不錯；尤其是發音，從小隨著媽媽，習唱各種方言兒歌，大玩舌頭花樣，加上全家都喜歡聽相聲，各種發音一聽就會，南腔北調一學就像，常常私下模仿（impersonation）親戚鄰居朋友同學、社會各類貴

羅霈穎在淡水校園。

賤人物，誇張滑稽，搞笑取樂。

上大學後，我每天清早，在男生宿舍盥洗室中，聽到念西班牙文系的，手執漱口杯，口含漱口水，仰著雞脖子，在那裡千辛萬苦的咯／嘍／咯／嘍，以恨不得咬斷舌頭的決心，練習卷舌、彈舌、抖音。讓人見狀，不免揚眉微哂，覺得十分同情。因為像〈鳳陽花鼓〉「得兒飄　得兒飄　得兒飄得兒飄飄一得兒飄飄飄一飄」之類的大舌顫音，我們家小孩，四五歲時就會了。有了靈活的舌頭，學習法語、德語、義大利語、西班牙語，甚至俄語，都相對輕鬆許多。由此可見此，母親語言習性的示範誘導及發音複雜的母語訓練，在幼兒語言能力發展上，扮演相當重要的地位。

任教於師範大學英語系所的我，在妹妹上初高中時，從來沒想到要過問她的英文。現在看到她，呆呆瞪著放榜名單，面對人生第一次重大挫折，不禁想在她的強項英文上，跟她聊聊我的心得，為她加油打氣，並暗示她今後努力的方向。

把英文變成一匹白馬

關於中國人學英文，我始終服膺語言學者的研究結論，那就是從初中一年級開始。那些主張從小學，甚至從幼稚園就開始的說法，都是徒勞無功的浪費。因為無論如何，在中國語文環境中學習外文，都是屬於「第二語言研習得」（second language acquisition），必須「知性的」從「文法規則」與「思考模式」雙管齊下，方能奏功。

以學英文而言，學者必須將中文與英文的基本「文法規則」與「思考模式」比較異同，形成框架式的「中英對照組」，相互參考學習，方能獲得真正的自修能力，從而不斷進步，不斷深入。簡而言之，無論學習任何學問事務，「對照組」學習法，都不失為有效法門。

過去幾十年來，台灣上下耗費巨大的財力物力時間，學習英文，從幼稚園到小學、中學、大學到成人補習班，幾乎把學英文弄成了一種休閒活動，怎麼學也學不會，更學不好，仍然繼續埋頭蠢學笨考，毫無反省能力。

大家學來學去，結果把全民的英文程度，學到在亞洲敬陪末座，落後新加坡、南韓及中國大陸，在全球也位居中間偏後，而且還每下愈況。以全台首善之區的台北市為例，其英語程度不僅輸給吉隆坡、首爾、上海、釜山、東京和北京，甚至也輸給河內、胡志明市和雅加達。幾任在歐美得過博士學位的總統，英文開口常出錯，聽力側耳常誤解，甚至學位論文的寫作，也錯誤不斷，公開出醜，騰笑國際。這教那些終身勤懇，嚴謹從事英語推廣的人，情何以堪。

一般人學習英語，成效之所以不彰，是因為其學習模式是屬於「垃圾桶式」的，那就是不斷向桶內丟新學的東西，新的迅速掩蓋舊的，最下層的早已發臭發爛，消逝無蹤。等到要用時，便在桶中一陣亂掏，偶爾掏對了，不知道為什麼對；錯了，也不知錯在哪？花了那麼多時間金錢，英文老是不上不下，原地打轉，真是冤哉枉也！

學習語言，或任何科門，最好採取「書架式」學習模式，重點不僅要確定已知的「習得」（acquired）知識在哪？更要確定架上還有哪些空位，可以隨時恰當補充新知，一旦遇到急用，反手探索即得。這樣學習，多一天是一天，多一字是一字，可以通過不斷的累積，持續精進不輟。

為了配合以「圖像記憶」見長的中文思考模式，我為英文、中文設計了「白馬書架」與「長蛇書架」兩個學習模型，形成語文學習對照組。

大多數人，在學英文時，必定學過厚厚一冊英文文法，然而大部分人，多半都是隨學隨忘，只依稀記得一些考題陷阱，在答題時可以勉強應付，至於文法大綱細目究竟如何，則往往混淆成泥，毫無頭緒可言；這就是一般高中生所「習得」的「考試英文」，除了用於考試，其他一無是處。

為了使中國學生對抽象的「英文文法」，有個較易記憶的清晰形象，我將之比喻成「一匹白馬」！一匹只有一隻腳，便能行動自如的「魔法」白馬。

凡是看過「馬」的人，那怕只有一次，必定能分清馬耳、馬首、馬鬃；馬背，馬腹、馬屁；馬腳、馬蹄、馬尾等，三大部分，及其相互之間的關係位置，終身難忘。沒有人會說，很久沒有看到「馬」，有點記不清馬長什麼樣子了！

如果我們把全部英文文法大綱，附會到這匹馬的身上，讀者也就可以一眼記住「英文文法」的全部內容，不再覺得恍兮乎兮，無法捉摸。至於學得「考試英文」的人，心中的那匹白馬，多半是這個樣子：馬耳長在馬屁上，馬蹄長在馬頭上，馬尾長在馬肚上，整個是怪獸一頭。

英文文法看似複雜，說穿了只是一個「簡單句」（simple sentence），便可囊括一切，其他所有的集合句、複合句與集合複合句，都是由簡單句，綜合變化而來。

英文是以「動詞」為「主要表意媒介」的語言。因此「動詞」變化最多，有「時式」（tense 時間樣式）：現在式、過去式、未來式；有「時態」（aspect 時間狀態）：現在式、進行式、完成式等，只要掌握「動詞」就可掌握英文。而簡單句的核心，就是「動詞」。英文動詞有四種：「be 動詞」、「及物動詞」、

「不及物動詞」、「連綴／殘障動詞」（linking verb），因此簡單句也就有四種。掌握四種簡單句的各種變化，也就掌握了英文。

如果簡單句的外型是一匹白馬，那「主詞」是「馬首」，「動詞」就是馬腹中的「心臟」直接指揮「馬腳、馬蹄或馬尾」，「受詞或補語」，產生作用。下面四個簡單句及其各種變化，基本上概括了英文文法的全部主要內容：

「be 動詞」　：I am a girl.　（一匹只有一腳懸空的馬）

「不及物動詞」：I look.　（一匹只有一腳懸空的馬）

「及物動詞」　：I look you.　（一匹只有一腳著地的馬）

「連綴動詞」　：I look happy.　（一匹只有一隻懸空假腳的馬）

英文既然是以「動詞」為主要「表意」手段，那「動詞」的詞性變了，意思也跟著變。例如 look 當「不及物動詞」用，意思是「看」；當「及物動詞」，意思是「使眼色」、「眨眼示意」；當「連綴動詞」則成了「看起來如何如何」。

「主詞馬首」配上「be動詞心臟」，連著一隻懸空的馬蹄；「主詞馬首」配上「不及物動詞心臟」連著另一隻懸空的馬蹄；「主詞馬首」配上「及物動詞心臟」要連著一隻著地的馬蹄，各句的「意義」，才能完整成；「主詞馬首」配上「連綴動詞」，只擁有一隻用膠水黏在馬上的假馬腳，必須依靠揮動馬尾，才能完成「意義」。一句英文集合複合長句，可讓四種「動詞心臟」，同時指揮四隻馬蹄，一起奔跑。

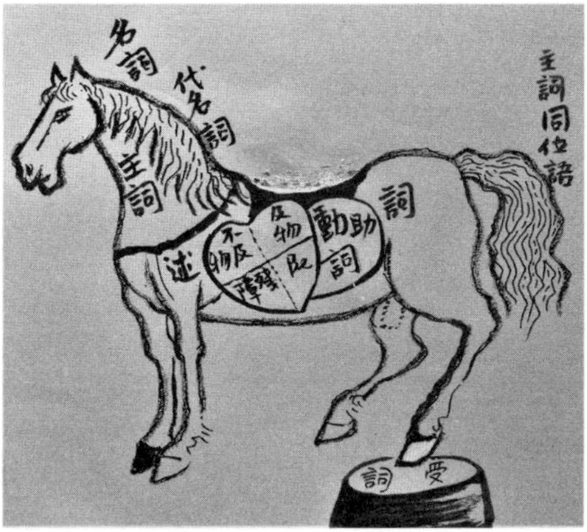

把英文變成一匹白馬。

通常一句短句，只動用一顆心臟，指揮一條馬腿，就可奔跑無礙，有如一匹魔法馬。

初學者，學習基本英文文法，六小時就可從頭到尾學完一遍。如欲把這匹馬描畫得更仔細一點，可以進入中級英文文法，花三十小時，可以詳細再從頭學完一遍。若要成為英語專家，可進入高級英文文法，用六十小時，可以完整深入，把英文文法重新探究一遍。

一般說來，學英文，六個月就可基本完全學會；配合英語兒歌、繞口令、英詩、歌曲、金句、笑話、名文的閱讀與背誦，可得學習語言的玩耍之樂，並從自娛娛人中，獲得基本語言能力。至於要把英文學得精微入妙，則要看個人的天分與努力的程度了。

中文文法、句法，以「主題—評論式」（topic-comment）思考模式為主軸，擊首而尾應，形象化起來像一條常山「長蛇」。「長蛇書架」以「主題—評論」為架構：一但主題確定，評論成為重點，通常是以二元對立或對仗的方法，圍繞主題，其內其外，其上其下，其先其後，其陰其陽，其長其短……評論一通，或出之以「比喻、對比」，或「敘事、議論」，總之，在「主題」之後，穿插描述兼評論一番，句法長短，主詞動詞的有無，全依上下文而定，十分自由。

值得注意的是，以分析思考模式為主的英語，在造句時，喜歡用「戲劇性的動詞」做「比喻性的表達」，以收簡潔有力，回味有餘之效。例如《紐約時報》處理「地方報紙衰亡」新聞時，下的標題是：With Local News in Retreat, The Community Fabric Frays，譯成中文就成了：「隨著地方報紙退場，美國社區脫線體解」（註1）。

在此，美國「社區社會」被比喻成「布料」（Fabric），「地方報紙」被隱喻成布料的「經線或緯線」，一旦退場，社區社會的經緯線就「磨損脫線」（Frays），渙散體解了，有如一場小小的布料毀壞戲劇。學英文，要學會用「比喻性、戲劇性動詞」思考，在名詞與名詞之間，創造劇場效果，令人耳目一新，方算正式入門。

註1：當時所舉的英文例句，早已忘了。只好就手邊《紐約時報》（二〇一九年十一月二十日）的標題，選一則為例句。

讓英文成為結緣紅繩

斷斷續續好幾天，我把「英文白馬」這一大套，詳細的向妹妹演繹了一番，暗示她應該盡快擺脫「考試英文」學習法，進入「白馬書架」習得模式，掌握自修英文的方便法門。

果然幾個月後，有一天，她居然與我討論起「Epicureanism」（伊比鳩魯學派）與「Stoicism」（斯多葛學派）來。「哥，你不是教希臘文化史嗎？都說伊比鳩魯學派是享樂派，這些人到底如何享樂人生？」她好奇的問。

「Epicureanism」一般都譯成『享樂主義』，其實該派本意在追求精神寧靜之樂（ataraxia）；Stoicism雖然被譯成『堅忍苦修主義』，好像極端不近人情，而其真正目的，在通過理性、道德的自制，進入不被物慾所控的境界，並非完全棄絕一切欲望。」我語帶含糊的回答，因為當年我對這兩派哲學，並無深入研究，只好把話題引回到妹妹身上說：「像妳這麼貪玩，最多只能算是hedonist！」

「hedonist就hedonist，趁著還年輕，現在不玩個痛快，那不無聊死了？」她一甩長髮，擺出一副「何不秉燭遊」的尖銳姿態。

「喂喂！注意哦，hedonist，是由he和do組成的，不是she喲！」我半開玩笑的瞎掰道，一轉念，又擺出大哥的面孔，以中產階級沙文主義的觀點說：「女孩子家，不比男人，出去玩可以，不可太瘋，要適可而止，不然要吃大虧！」

妹妹的外文名字，用的是拉丁文「Eva」，本意是「生命力」、「呼吸」，念起來比英文Eve（夏娃）要來得響亮。有一次，我提醒她，與eva相關的字有許多，其中最具哲學意味的是evanescence，evanescent，可用來翻譯《金剛經》的：「一切有為法，如夢、幻、泡、影；如露，亦如電。」

「記住 evanescence 有一個好處，」我建議說：「可以連帶的記住相反詞 renascence、renascent 再生，復興，順便也可把 The Renaissance『文藝復興』記住，一舉數得。」「就是因為一切都會消失，而且快速消失，」她雙手一攤，聳了聳肩說：「我們才會變成無可藥救的 optimistic hedonists 呀！」

「要保持『樂觀』一輩子，豈是容易的事！」我反駁道：「大部分人都是一下哭一下笑，既不能看破看開，也不能堅忍到底，最後總是以『四不像』收場。」

「要想堅持一輩子做享樂主義者，必須先要耐得住『孤寂』！」我又補了一錘。

妹妹過世後，前新聞局長、外交部長，也是前台中市長胡志強先生，撥冗北上趕到靈堂弔唁，並特別對媒體公開申明他對妹妹的敬意。「她非常鼓勵我……選舉時為我出力，競選總部最大的花圈、花籃，不論蘭花還是玫瑰，永遠都是她的！」胡先生感慨的說：「跟我約好要見面，要我去上海……她作息不太正常，就像這次離開我們一樣，實在意外，我覺得是『意外』！太意外了！

她自己一定也沒料到，所以我一定要來跟她說一聲謝謝與再見。」其實，謙遜的胡先生當年在新聞局時，對妹妹有提攜之恩，而新聞局也曾多次對我有一臂之助。

一九九〇年我應邀到倫敦著名的 Percival David Foundation of Chinese Art 舉辦個展，館長敦煌學專家韋陀博士（Roderic Whitfield, 1937-）安排我接受《泰晤士報》藝術欄專訪。名藝評家 Sarah Jane Checkland 在電話中提醒我，明天專訪她只有十五分鐘的時間，希望我預先準備好簡短發言稿，因為這次週六，欄目選定要介紹的畫展，由兩個增加成四個，原來準備給我的一欄報導，現在只剩半欄。

每次在國外畫展，我都會在飛機落地前後，瀏覽當地出刊的英文報紙，搜尋當時的熱門話題，穿針引線，作為我畫展開場白的引首，定能獲得觀眾熱烈的迴響。

第二天早上，我在館長室見到 Sarah，便海闊天空的大談特談起來，一個小時之後，她忽然起身打了個電話，約她的攝影記者下午在這裡與我見面。她抱歉的說，現在來不及了，下午請攝影來拍個照。

次日，報紙出刊，有關我畫展的報導成了當日藝術新聞頭條，以「Weekend Living: Collecting」專輯呈現，占了滿滿四大欄，還附了一張以我畫作為背景的巨幅照片。這篇標題為「New China Syndrome」的文章，引起大英博物館東方部的興趣，出面購入展出價位最高的一套十開山水冊頁，永久典藏。另外一組山水條幅，則被加拿大皇家安大略美術館收藏。

新聞局駐倫敦人員，把簡報寄回台北，當時的新聞局長邵玉銘先生（任期一九八七—一九九一），立刻派人聯絡我，表示與中華民國有關的新聞，很少大篇幅的在世界一流報刊出現，因此願意主動支援補助我來回機票，以示該局贊助國際藝術交流的初衷與職責。此後我應邀到美國 St. Louis Art Museum

SATURDAY JULY 7 1990

THE TIMES SATURDAY JULY 7 1990

EEKEND LIVING: COLLECTING — By Sarah Jane Checkla

Portrait

The new China syndrome

LO CH'ING is a lone soul within contemporary Chinese culture, because he is an iconoclast. In his works, the Taiwanese painter overturns the centuries-old scholar-painter tradition; in his words he questions the market prospects of more conventional colleagues whose paintings fetch far more than his.

Shattering China's tradition: Lo Ch'ing mixes disturbing new images with the old

1990 年 7 月 7 日英國倫敦《泰晤士報》專訪羅青畫展。

（一九九三），歐洲第一座博物館 Ashmolean Museum, Oxford（一九九三），洛杉磯 Pacific Asia Museum L.A.（一九九五）個展、演講，繼任的胡志強先生（任期一九九一—一九九六）也都循例熱忱贊助，毫無難色，該局勇於任事，愛護藝文的作風，令人印象深刻。（註2）

我與邵、胡二位先生，至今緣慳一面，但對其前任局長宋楚瑜（任期一九七九—一九八四）卻在三十多年前有過一面之緣。妹妹辭世後，靈堂設在台北民權東路的「冬瓜行旅」，第一盆送抵靈前的大型弔唁盆花，居然是宋先生的，由此可知，妹妹的人緣之佳、人脈之廣，與孤芳自賞、獨來獨往的我，迥然有別。同時也可見，新聞局真是與我兄妹二人有不解之緣。

妹妹成名後，公私兩忙，她活動的演藝圈與我來往的藝文圈，重疊之處不多，交流機會較少，只有關於英文的討論，能夠維繫我倆斷續的溝通。意外發生後，我在她臥室的書架上，發現一本我的《英文文法是一匹魔法白馬》（五南書局，二〇〇八），雖然愣了一下，但並不感到意外，因為妹妹對我出書的動態，向來十分關注，快五十歲的她，對英文的興趣，依舊有增無減。

我在師大英語系退休後，應大學老友陳維德教授的情商力邀，至彰化埤頭明道大學，駐校擔任英語系主任及鐵梅藝術中心主任，說好為期兩年，協助學校度過教育部雷厲風行的系所評鑑。因為該系成立五年多來，一直未能聘得英語系出身的合格正教授及副教授主持系務，也無法開列展出合格的學術著作與研究成果，很難通過嚴苛的評鑑，繼續招生營運。

面對系中十來位中外講師及新科助理教授，及某些連 table 都不會拼寫的學生，當務之急，是編寫適當教材，從頭教起。反正按照我的「白馬英文」學習法，對真想學英文的，半年就可學成，至於學生原來的程度如何，無關緊要。

《英文文法是一匹魔法白馬》書封剪影。

我的兩個兒子，在念師大附中時的英文，都只維持一般中下水平，並不突出，遭到我的學生，在課堂上當眾譏笑。他們升高三時，我認為時機已到，稍加提點，便有精進，等到參加聯考時，恰好狀況進入高峰，考個八九十分，易如反掌。

於是快馬加鞭，除了應付系上評鑑的各種繁文縟節外，我全力編寫大一大二英文教材及《英文文法是一匹魔法白馬》，每天都在研究室挑燈夜戰到深夜十二點多。教課之餘，我還找時間，重編了新詩選集《小詩三百首》，作為學英文的輔助教材，並整理校內藝術中心所存汪廣平老校長——恩師入迂上人之老友——所遺留下來的書畫收藏，去蕪存菁，精裝出版。

為享山水書畫之樂，我退休後，離開台北，搬到桃園大溪鄉下，貪圖與慈湖風景區、拉拉山神木區及鴻禧山莊「寄暢園」——世界最大的中西骨董書畫館——常相左右，造成兄妹之間已經稀少的來往，更加稀少。

沒想到，這冊《英文白馬》文法書，竟成了我兄妹因緣最後十年的深層溝通橋梁。而英文這匹白馬，在這段時間，也幾乎真的為她馱來一位歐洲白馬王子。

註2：自從二〇一一年新聞局被裁撤後，我向文化部的書面申請補助案，全都遭拒鎩羽。二〇一六年我應邀到海德堡大學及德美文化館演講、畫展，後轉往巴黎，應任教於里昂第二大學（Université Lumière Lyon 2）的 Marie Laureillard 教授之邀，面商拙詩法譯本出版事宜。Marie 從二〇〇一年開始研究翻譯拙作，十五年後，大功告成。她看到拙詩德文譯本《驚醒一條潛龍》（二〇〇二）、義大利文譯本《羅青詩》（二〇〇二）、捷克譯本《詩是一隻貓》（二〇一五），其中都附有多張彩頁介紹我的墨彩畫作，以收詩畫互輔之效，別緻動人，也想如法炮製。無奈法國的 Circé 出版社，並無彩頁預算，沒法照辦。我天真的建議她可向當時巴黎代表處文化部專員，申請補助。次年，她來台做研究時，向我出示文化部回函影本，上有該部陳姓顧問簽注：「作者在詩創作上並無貢獻，作品沒有翻譯的價值，建議不予補助。」二〇二一年，法國出版社來函，說問題已經自行解決，詩集定於二〇二二年出版。

卷三

當曾文正公遇到後現代狀況

一個後現代式的巧合

一九七九年法國哲學家李歐塔（Jean-Francois Lyotard, 1924-1998）出版名著《後現代狀況：當前知識研究報告》（*La Condition Postmoderne, rapport sur le savoir*），一九八四年英譯本 *The Postmodern Condition: A Report on Knowledge* 經作者親自校訂，在美國出版。

五年後，我出版《什麼是後現代主義》（台北：學生書局，二〇一八，二版三刷），卷第二、卷第三，完整介紹「後現代」文學、藝術的發展；卷第四：「哲學篇」，收入此書全譯及註釋，並附導言；卷第六：「年表篇」收錄我製作編寫的〈台灣地區後現代狀況大事年表〉，從民國四十九年始至民國七十六年止，追溯台灣後現代狀況前三十年發展的歷程，結合理論預測與實務史料，前後相互對照印證，成功避免象牙塔式的無根空談。

起初有些短視的人，認為《什麼是後現代主義》一書過於早產，頗有一些過慮又無謂的微詞，但後來看見「後現代主義思潮」已經沛然而起，許多類似的跟風作品，接踵而至，勢不可擋，也就紛紛搖身一變，成為「後現代主義」的先鋒與代言人。

我向來對所有的「主義」都飽含戒心，因為說穿了，各種「主義」只是一種旗幟鮮明的「說法」或「看法」而已，像一盞顏色特殊的探照燈，能夠助人「見所未見」，但同時也易助長「一偏之見」，若堅持一味執「偏見」為「正見」，此為智者所不取。

雖然我的書名，從善如流，使用了「後現代主義」一詞，但是，我認為此乃西方學者用來與西方「成熟現代主義」對照而言。用來描述解析現代化尚未成熟的台灣，以及這段時間所發展出來，種種不按牌理出牌的特殊現象，應該用「後現代狀況」即可。

三十年後，當年出版的許多「後學」書籍，多半絕版絕跡，而《什麼是後現代主義》卻至今仍在重印，表示此書對「後現代狀況」的介紹，綜合而全面，完整又深入，當是不可或缺的基本入門書籍之一。

事實上，自從一九一九年「五四運動」以來，介紹西方藝文思潮如「浪漫主義」、「寫實主義」、「古典主義」、「自然主義」、「超現實主義」、「現代主義」……的文章雖多，但多屬於即興片面之作；從「文學」、「藝術」、「哲學」及「年表」，四管齊下，以專書形式，全面探討的，似乎只有本書一種。

今年八月，舍妹猝然辭世，傷痛之餘，我驚訝的發現，書中〈台灣地區後現代狀況大事年表〉，是從民國四十九年（一九六〇）她出生那年開始編列，至今剛好六十年。從後現代式「多元化」（plurality）的角度看去，妹妹一生的成長發展與演藝生涯，從電視劇中的清純少女、台北甜心，到工地秀場的傻大姊、三八嫂，到談話節目的八卦女王、最佳損友，正好完整見證了台灣後現代演藝文化的起伏與轉變，與台灣政經文化的多元發展，恰巧應合。

羅霈穎傻大姊造型。

過去，向來沒人從文化綜合研究的角度，來探討二十世紀至今，中國演藝工作者的成長與發展。我想，若要有，請從我對妹妹的回憶開始。

傳承農業耕讀之家風

家父羅家猷先生（一九一八—二〇一二），是出身於湖南湘潭鄉下的農家子弟，老家地址是「湘潭淥口傘鋪壠一糊塗嶺瓦雜屋墇偏向門」，距大畫家齊白石（一八六四—一九五七）在白石鎮的舊居不遠。這個地址，是一九八七年蔣經國總統（一九一〇—一九八八）拍板定案，開放大陸探親後，父親從一個老舊的牛皮紙袋中，小心翼翼，掏出來的，古色古香一個信封，散發出民國初年的韻味。我曾用呂世宜（一七八四—一八五五）的隸書筆法，把這一現在讀來充滿詩意的地址，運腕轉指，寫成一幅大中堂，以示永不忘本。

1989 羅青書《老家地址》。

家父羅家猷四十歲小像。

父親在家中排行老二，三歲失怙，兄弟二人由寡母扶養，隨爺爺讀書長大。初中、高中的學業，要靠每學期從伯父、嬸母手中領取學費雜費，方能完成。他從此深悟讀書機會之難得，奮發圖強之必要，遂刻苦勤學，手不釋卷，畢業後考入廣西大學電機系。

大二時，抗戰軍興，日軍「南京大屠殺」（一九三七）消息傳來後，父親心懷報國壯志，輟學響應蔣委員長號召，入黃埔軍校習電信通訊。學成後，輾轉服役於各軍種，多次命懸一線，幾乎非死即殘，最後被分發到重慶，入美軍B-29超級空中堡壘轟炸機（B-29 Super fortress），任無線電通訊員。這段時間，他英文能力大增，存活機率大減；日日目睹同學、同袍，前仆後繼，遇難殉國；夜夜冷汗噩夢、驚夢，咬牙堅忍，振作不懈，終於九死一生，熬到抗戰勝利。

勝利復員，父親被分發到青島滄口，美軍顧問團處，任無線電台長，與時在滄口小學任教的母親，偶遇結識，在取得女方外祖父外祖母的認可下，交往成婚，組織小家庭。一年後（一九四八），我在青島德國醫院出生。父親敏感直覺，北方不宜淹留；睿智判斷，湖南不可逗留，於是不到一歲的我，隨著當機立斷的父母，取道上海，移居台灣。

於屏東、淡水之間，經過半年困頓奔波，父親終於在基隆，靠著他的英文能力，得緣進入航運界，獲得一份安定的工作，不得不躋身工業社會，謀生於龍蛇混雜的海港波濤之中，距離「耕讀傳家」的理想，日益遙遠。

而他的好友，我與弟弟最喜歡的高濤叔叔，則在一九五〇年代末，毅然攜家移民巴西，持續追求他「耕讀傳家」的美夢，直到完全破碎，以悲劇收場為止，讓父親為之唏噓不已，長達二十年之久。

論起治家之道，父親全以《曾文正公家訓》為本，做人講求「忠、信、篤、

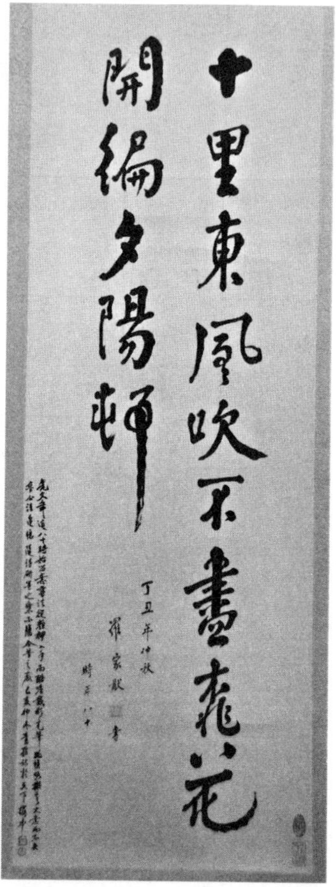

羅家猷於1997年八十歲行書七言仿戴彬元。

敬」，《古文觀止》、《唐詩三百首》、《曾文正公家書》、《秋水軒尺牘》……均列為必讀之書。晚年更嗜讀《放翁全集》，手抄不輟。至於書法，則喜摹戴彬元（一八三六—一八八九）行書，可以亂真。戴書遠紹魯公，近規道州，靈動瀟灑，奇氣時現，然整體而言，不脫三湘筆法。

父親作字，意趣十分保守，筆法大體凝重遒勁，偶爾詰曲顫掣，以求靈動，然間架外擴，仍近鄉賢子貞、二譚風致。八十歲後，父親喜書桐鄉才女陸瑪華十五歲的名句：「十里東風吹不盡，桃花開徧（遍）夕陽村。」贈我兄弟，以寓思鄉之情。

不過，父親到底也邁出了，屬於他那時代的反叛步伐，在為我們兄弟取名時，徹底放棄豫章羅氏祠堂的派名順序與輩分傳統，改採自由命名。因他從小就飽受派名困擾，遭到各種遠房親戚小孩的霸凌，許多明明比他小五六歲的頑童，因為派名的輩分高，硬是動不動就逼著他喊：「叫我爺爺！乖孫子喲！」

我本名「羅青哲」，「青」代表我出生在「青島」，「哲」典出曾國藩的名篇〈聖哲畫像記〉。到台灣後，父親抱著我，在基隆戶政事務所辦登記時，遵循傳統算法，把一歲的我，報成兩歲。辦事員嘖嘖稱奇的說：「這年頭，還有期望兒子成為哲學家的？」

後來得緣隨寒玉堂溥心畬學畫的我，生怕〈聖〉文中沒有列入畫家，急忙設法找來一讀，但見文章最後一段，詳列古來聖哲三十二人：「文周孔孟，班馬左莊，葛陸范馬，周程朱張，韓柳歐曾，李杜蘇黃，鄭許杜馬，顧姚秦王，三十二人，俎豆馨香；臨之在上，質之在旁。」看到其中至少有蘇東坡、黃山谷是詩人書畫藝術家，一顆不安的心，才放了下。

父親用曾文正公的一則比喻告誡我：「用功譬若掘井，與其多掘井而皆不及泉，何若老守一井，力求及泉而用之不竭乎？」意思是要我應該專心學校功課，不要花太多時間在寫字畫畫上。而我對此一名言的體會，自有我的獨特角度，以為應先專心於我喜歡的書畫，然後可以學寫題畫詩；先讀通我喜歡的書論畫論，然後再切入詩學；然後，挾詩學入美學，入哲學史、文學史、藝術史，循序漸進，可以受用無窮。至於做人方面，父親長掛在嘴邊的是：「泰而不驕、威而不猛。」足以讓喜歡俾倪同儕、傲視群倫的我，惕厲一生。

至於弟弟的名字「志堅」，當出自曾文正公的名言：「蓋士人讀書，第一要有志，第二要有識，第三要有恆。」

妹妹出生後，父親在命名上更為自由，想起「金聲玉振」婀娜多姿的玉磬，想起小時從爺爺那裡獲賜聲響如鈴的靈璧石，想起製玉磬以靈璧最佳，所謂「聲如青銅色碧玉，秀潤四時嵐翠濕」，遂為妹妹取名「璧玲」。（註1）

妹妹後來因生涯發展的問題，執意改名「霈穎」，逕自到戶政事務所，完成手續。父親聞訊，低頭沉吟，琢磨了許久，沒有作聲，也不置可否。最後還是妹妹撒嬌逼問他：「到底認為怎麼樣嘛？爸爸！」

「唉！我真是搞不懂，妳是找誰改的名字！」他搖搖頭，「霈穎念起來，不成了paying，就這樣，還想發財？還能發財？」父親頓了一頓，繼續說：「璧玲——多喔好，billion, billion，一念就念來十億美金呀！」向來重視財運的妹妹，所有密碼都喜歡用「發我發發」、「我發發發」或「我發我發」，聞言一時為之語塞，

羅家猷全家福。

喉嚨梗了一塊石頭，失去了平日反應快速的伶牙俐齒。

一旁的我，只好打圓場，順口引用《新約聖經》說：Paying is blessed better than receiving（施比受有福），企圖化解一場尷尬。（註2）

也許因為我是老大的關係，父母對我管束最多，要求最嚴，各種實驗，一套又一套，加諸在我的身上，弄得我別無選擇，只好照單全收。例如「拒購日貨」、「感時憂國」、「澄清天下」、「振興中華」……等等。可是，事情到了弟弟身上，都轉了彎；到了妹妹身上，更全亂了套。順利送我進入大學的「曾文正公計畫」，也在我入住大學宿舍之日，正式結束。從比我小四歲的弟弟開始，全家在電吉他震耳欲聾的聲響中，正式進入「搖滾時代」。

弟弟順利念完初一之後，活力突然爆發，依次把基隆周邊的初中，統統搖撼了一遍；到了高中，更是在北部各高中大打其滾，最後滾動到桃園以南的楊梅高中，方才停止。幸賴母親無比的愛心、毅力與韌性，跑東跑西，北上南下，左右相隨，以寸步不離的耐心，永不放棄的精神，終於一路護送弟弟得到了高中畢業文憑。

而父親心中，在台灣傳承農業「耕讀家風」的理想，也隨之畢業。

註1：南宋戴復古〈靈壁石歌為方岩王侍郎作〉：
「靈壁一峰天下奇，體勢雄偉身巍巍，巨靈怒拗天柱擲。平地蒼龍驤首尾，兩片黑雲腰夾之。聲如青銅色碧玉，秀潤四時嵐翠濕。乾坤所寶落世間，鬼神上訴天公泣。……」

註2：「施比受有福」一般英文多寫成：Giving is blessed better than receiving.《新約》譯文為：It is more blessed to give than to receive. 見 Acts, 20:35.

「後現代狀況」出現了

根據我編輯的〈台灣地區後現代狀況大事年表〉，妹妹出生那年，台灣人口正式突破一千萬，生育率是四．二％。六十年後，人口數成長為二千三百六十萬，生育率降低至一．〇六％。一九九三年，台灣六十五歲以上人口占總人口比率達七％，進入「高齡化社會」；二〇一八年，達十四％，進入「高齡社會」，預計在二〇二五年，達二十％，進入「超高齡社會」。

在政治軍事上，「金門八二三炮戰」剛結束滿兩年，為了對抗大陸中共極端的黨國民主集中、集體國有體制，這一年，國府仍繼續堅持保守維穩的黨國極權格局，以求保台並自保。於是，國民大會修正依《憲法》第一百七十四條第一款程序所制定的〈動員戡亂時期臨時條款〉，決議總統連任不受限制；隨後，蔣中正當選第三任總統；《自由中國》雜誌遭禁，發行人雷震被捕，他籌組的「中國民主黨」，胎死腹中。

不過，在外交上，有美國總統艾森豪，菲律賓、越南總統，先後訪台，確定台灣在「韓戰」與「越戰」之間，在經濟、民生上，站穩資本主義私有制、自由貿易歐美化的開放立場，繼續上演「自由中國」燈塔，照射「共產極權」鐵幕的大戲。

這一年，行政院美援運用委員會（美援會）秘書長李國鼎，在基隆附近設立「六堵工業區」，並領導投資研究小組，通過「獎勵投資條例」，配合既有的「十九點財經改革措施」，促使台灣從「進口代替」轉型為「出口擴張」，邁向「國際市場導向」經濟。當年出口金額是一．六四億美元，外匯存底是七千六百萬美元，人均所得為一百四十四美元。

這一年，夏濟安主編的《文學雜誌》，停刊；夏濟安學生白先勇的《現代文學》，創刊。

從世界局勢看，這一年，美國由甘迺迪（John F. Kennedy, 1917–1963）當選總統，發射第一枚氣象衛星，「綠色革命」運動開始，GDP占全球三十三%，日本占三%，「美日安全新約」生效。歐洲共同市場成立三周年，開始發揮功效；「石油國家會議組織」（OPEC）組成，與歐美各大石油公司分庭抗禮。蘇聯在領土上空，擊落美國U-2偵察機，赫魯雪夫提出「和平共存」說。東西激烈冷戰的十五年僵局，開始有了漸趨緩解的契機。

古人云：「三十年為一世」，一九八九年，妹妹二十九歲時，蘇聯體解開始，東西冷戰，戛然而止，她的演藝生涯，也在此刻，慢慢擴展至兩岸三地，同時也擴及美國華人市場，開始步入高峰。當時台灣外匯存底約為七百三十三億美元，人均所得為七千五百七十七美元；大陸人均所得為四百零九美元，大量漁工、勞工及農漁產品、文物骨董，開始流入台灣。

在社會科技發展上，台灣得風氣之先，從一九八六年開始，外匯存底為四百六十三億美元，人均所得為三千六百九十七美元，服務業人口占四十一．

五%，首度超過工業人口四十一・四七%，而農漁業人口，降至十七・〇三%以下，正式進入「後工業社會」前期。該年，台灣電腦終端機、顯示器、電話、電算機……等七項資訊電子產品，產量世界第一；長榮海運「貨櫃運輸能量」躍居世界第一；高雄港貨櫃吞吐量，緊跟鹿特丹、香港之後，位居世界第三。大量的外匯存底，使台灣進出口暢旺，帶動百業興旺，而扮演經濟火車頭的房地產業，更是一飛衝天，價量齊揚。

拜五年來演出電視劇、電影片之賜，妹妹在二十六歲這一年，成為台灣房地產工地開工預售秀的當紅表演明星。她放棄了玉女的形象，裝瘋賣傻，插科打諢，對白無俚頭，歌唱大搞笑，只要炒熱售屋場子，配合劇情需要，有什麼不可以。

1980 年代羅霈穎於工地秀實況。

妹妹能唱歌，但沒有出過專

輯；能演戲，但沒有真正的代表作；能主持節目，但卻沒能歷久不衰。但她口齒伶俐，反應機敏，最宜在談話性節目中，率真坦白，戳破假面，口無遮攔，不時炫富，表演廣大觀眾希望看到的她自己，成為一個後現代式的綜合體，直接反映，她所處的時代憧憬與庶民願望。

妹妹過世後，海內外各大華文報紙，持續十數日的追蹤報導，讓我意外不已；從世界各地紛至沓來的慰問電郵之多，更令我驚訝。她的粉絲之廣，已超出我的想像，其中居然還包括有倫敦、紐約的白人與西班牙裔、日裔族群，實在不可思議。

當年，為了每天日夜全島南北高速公路奔波趕場，她首度購車代步，買了一台價值不菲的進口保時捷（Porsche），停在父母公寓樓下的停車格中。這輛車，二老隨妹妹出去兜過一次風，卻從未試駕過。短短五六年的演藝生涯，妹妹累積的財富，幾乎追及父親辛苦工作二十年的一半。

記得我上初一時，妹妹一歲多，父親迷上了小轎車，家中忽然出現許多印刷精美的彩色英文汽車雜誌。有一天，父親指著書中一輛跨頁的紅色跑車，與奮的說：「這是Audi，德國造的，你看，車頭有四個連環，漂亮吧！好車！」可是作風保守的父親，仍然每天風雨無阻，騎著他那輛英國飛利浦（PHILLIPS）腳踏車，在雨港基隆上下班，常常渾身濕透回來，從不叫苦。

父親的船務公司的主要業務之一，是做老牌英商太古輪船公司（Butterfield & Swire Co., 1866）的台灣總代理，處理台港客貨運業務。一九五〇年韓戰爆發，打了三年，促使台灣海運事業蓬勃發展，基隆港客貨繁忙，船務公司生意興隆。我聽媽媽說當時爸爸的薪水一路從一千台幣漲至三千，是中學教員的十倍。接著，越南戰爭從一九五五到一九七五，打了二十年，輪船貨運的業務，比韓戰又多出好幾倍，父親的薪水又增加至八九千元，加上每年豐厚的紅利，早已到了可以買小轎車代步的時候，但他僅止於觀賞汽車目錄，從未有過實際行動。

不過，熱愛攝影的他，花錢買起徠卡（Leica）照相機、錄影機及放映機，卻是毫不手軟。妹妹會看卡通片後，星期天下午，家中客廳成了卡通電影院，附近的小朋友，一律招來觀賞，熱鬧極了。

當年基隆港的吞吐業務，非常繁忙，港區中的泊位，日夜擠爆，許多大船，沒有碼頭可靠，只能停泊在海港中央以及外港。人員上下船及引水人（pilot）的作業，全靠港務局的幾艘小型接駁船支應，早已左支右絀，疲於奔命。父親見機得緣，向港務局申請，以公司名義，訂製兩艘新式大型接駁船，加入港都水運，在需要時，可把船租借給港務局，日夜加班使用。十年之間，接駁船為父親累積了可觀的財富，使他決定在五十五歲時，移居台北退休。因為他的爺爺，在四十五歲前，便已賦閒在家，課孫讀書了。

父親之所以相中，位於台北敦化南路，由香港建商設計的怡安公寓大廈，是因為大廈地上第一層（Ground floor）是英國式的大型車庫，這在當時是絕無僅有的。「還是香港人有經驗，十年後，台北一定人人有車，停車一位難求！」父親篤定的預言道。

搬入新居不久，父親發現，住在樓上的邢先生，從車庫裡開出一輛嶄新的凱蒂拉克（Cadillac），光鮮亮麗的停在露天停車格中，開始擦車。一個鐘頭之後，又退回車庫之中。以後每周一次，在大家眼皮子底下，行禮如儀。父親每次都興味盈然的看著，但不為所動。有一次，居然看到邢先生在一場大雷雨後，把車子開了出去，成了我們家的大新聞，大家在飯桌上，把此舉與人類登月，相提並論。

可是在父親決定移居美國前，在怡安大廈住了二十年，車庫也空了二十年，除了堆放雜物，別無他用，既不出租也未出售。

一九九一年，父母親到了洛杉磯，在這個不得不開車的城市，父親購入的第一輛車，居然是福特（Ford）七人座的客貨兩用型，非常實用方便，開車到弟弟住處，只需四十五分鐘而已，算是比鄰而居。七十高齡的他，用這輛車，到家得寶（The Home Depot），買了所有的材料，在稍嫌西曬的廚房外面，親手為母親搭起了一座敞篷格子花架，既可遮陽，又能賞花。他又在大花園中，種滿花果蔬菜，從蘋果、蜜桃到檸檬；從番茄、絲瓜到茄子，讓盤中新鮮蔬果不斷，多餘則四處分贈親朋，讓晨昏美景映窗，產生無限變化。

那輛福特車，成了父親在美國繼續「耕讀傳家」的工具車。妹妹看不下去，次年立刻買了一台賓士回來。父親在妹妹返台時，替她細心保養，不時發動引擎預熱，等她回來使用，但他自己，卻從未正式用過。

從一九九〇年代算起，此後三十年，「全球化」（Globalization）現象迅速四處蔓延，伴隨個人筆電、智慧手機、資訊互聯網的普及，全世界慢慢捲入中、美兩大經濟體，在政軍科技上，相互分工又競爭的新局面。這一點，父親在二〇〇八年「雷曼兄弟（Lehman Brothers）迷你債券事件」所引發的全球金融風暴中，已經預見。當時，他對中國的未來，表現出從來未有的樂觀與信心。但在內心深處，我想，他大概不得不接受，他從小所捨命保衛的價值觀，早已大片大片的崩解湮滅。

一日，妹妹為父親買了一台數位相機，作為生日禮物。他從桌子上，拿起來看了看，又放了回去，口中喃喃的說：「像柯達（Kodak）這樣大的百年相片膠捲公司，說倒也就倒了。」

卷四

美食煙火琴聲一夢

指尖鋼琴夢

每個人心中，都暗藏一架塵封的鋼琴，等待回憶的手指，試音、試彈，一旦抓準音階，逝去乾癟的生命，便立刻血肉豐滿，旋轉飛舞起來。

在舊相簿裡找到一張照片，是妹妹上一年級，開始練習鋼琴時照的，一旁陪伴的，是滿心歡喜的媽媽。一架立式鋼琴上，鋪著一條象牙白鏤空立體蕾絲花邊桌巾，中間放的是翠玉花瓶，右側是英國捲毛獅子狗玩偶，左側是稀有的印地安紅人布娃娃；落地燈罩旁，掛的是任伯年（一八四〇—一八九六）的《桃花白頭圖》，右邊電視機後的門板上，黏貼的，是我十七歲時仿故宮博物院藏仇英（一四九四—一五五二）的《仙山樓閣圖》。

鋼琴是父親託人從香港買來的中古品，有八成新，梨花木顏色，與市面上常見的黝黑山葉（YAMAHA）鋼琴，大異其趣。打開琴蓋，中心處有 STEINWAY & SONS 燙金字樣。媽媽問：「小孩子家學琴，何必這麼費事？」爸爸堅持：「這個不一樣！要買，就買好一點的！」鋼琴老師來，看了說：「這是世界第一名牌耶！」

一九六〇年代初，剛成立的「遠東音樂社」，研擬邀請世界鋼琴巨星，大師魯賓斯坦（Maestro Rubinstein, 1887-1982）來台演奏，因找不到一台德製史坦威鋼琴而作罷。主辦單位不死心，去信婉轉情商，可否委屈求其次，改用 YAMAHA，秘書回函云：「Maestro 從未聽過這種牌子。」

那時的台灣，不只找不到像樣的樂器，也提供不了合格表演場地。大提琴泰斗皮雅傑戈爾斯基（Gregor Pavlovich Piatigorsky, 1903-1976）巡迴亞洲演出到了台北，場地安排在比賽籃球的國際學舍，事後他輕描淡寫的哼了一句：「我在倉庫裡演奏！」

父親對西洋音樂熱情不高，但如果聽說是世界一流的，那有時間一定要去見識一下。一九五七年，有「世紀之音」美譽的女低音瑪麗安．安德遜（Marian Anderson, 1897-1993）駕臨台北中山堂演唱。父親特地帶著我，從基隆趕去，躬逢其盛，連九歲的我，都知道這個唱得不一樣，乖乖聽完全場。

學練鋼琴，進而陶醉在音樂美妙的境界中，固然不易，但在一旁扮演鼓勵堅持不懈、不斷辛苦督促的監工，更是吃力不討好的艱鉅。度過了浪漫的小學練習曲時代，到了活潑的中學快板急板階段，許多聚會場合的即席表演，各種誘人逼人的比賽挑戰，接踵而來，把母女之間的督促與抗拒，緊繃到即將失控的邊緣，再加上排山倒海的升學考試壓力，當初學習音樂的樂趣，折扣打盡。

對於彈鋼琴，我的主張是，只要能在家人團聚合唱時，隨興流暢伴奏即可。想當一流鋼琴家，除了自己刻苦勤練外，還要靠天分、天意、機緣，人力難以強求，最好順其自然。

記得妹妹最後一次公開表演，是在希爾頓飯店我的婚禮晚宴上，為梁實秋、臺靜農、葉公超、張佛千、林海音、王文興、張曉風、瘂弦、羅門、蓉子、楚戈、

上：霈穎彈琴。
下：於希爾頓婚禮晚宴上。

周夢蝶、商禽、管管、高信疆、陳少聰、阮義忠……等藝文界大老或名家獻藝，在隆冬寒流過境的夜晚，獲得滿堂熱烈的掌聲，詩怪管管還站起來，吹了個長長的口哨。

那年，妹妹十五歲，距離為我獲現代詩獎而朗誦，不過半年，可是樣子卻完全不一樣了，都說「女大十八變」，一點不假。

舌尖餐館夢

妹妹停止鋼琴課後，家人不再動不動，就要求她為來客表演一曲。壓力一旦解除，她反而常常自動練起琴來，漫彈一些自己喜歡的曲子，自得其樂。母女偶爾相對合唱的樂趣，也漸漸恢復起來。

十九歲，妹妹搬到淡水基督書院，住校攻讀英文，鋼琴遂遭塵封。花費漸大的她，不願老是向家裡伸手，居然跑到北投附近外國餐館，打起工來。

「爸爸不是常說，一切都要從最基層做起嘛！」她理直氣壯地說：「點菜、上菜、端盤子、奉茶送酒、結帳找錢，我不嫌丟人，很多菜名都是法文、西班牙文、義大利文，這也是一種學習。一方面練習英文，一方面開展人脈，還能賺零用錢，一舉數得，有什麼不好。」一陣連珠鞭炮般的搶白，弄得父母啞口無言，只好由她。

有一張照片，顯示妹妹在餐館舉辦的 St. George's Nite Party 布置會場。只見她穿著員工制服，在餐館門口，身先士卒，爬上椅子，掛起一串又一串的鞭炮，準備迎接客人到來，神情專注而敬業，看不到一點大小姐的嬌氣。看那鞭炮所掛的高度，沒有一點個子，是掛不上去的。

羅霈穎在餐館打工，布置會場。

這點皮毛的餐館打工經驗，為她後來與好友于楓，在民權東路開設高檔海鮮魚翅餐館「夜宴圖」，埋下了種子。

一九八七年，因南北公寓預售工地秀，興旺空前，賺得人生第一桶金的妹妹，花起錢來，開始大手大腳，毫不在乎。她與她平生第一閨密好友于楓（一九六一—一九九六），異想天開，居然準備合夥開起餐館來。兩人連夜跑到碧雲華廈一樓我的住處「小石園」，妳一言我一語，大膽抒發理想，盡情手舞足蹈；大展鴻圖，雙眼放光。「開餐廳，最需要名氣、人氣，還有人脈。」于楓眉飛色舞的說：「這些我倆都不缺，只要肯努力，不怕不成功。」

那兩年，因為機緣湊巧，我與影視界初次合作，拍攝了一系列「世界博物館」節目，費神費力，制作、撰述又主持，中文英文齊上場，結果大上其當，作了一場白工，節目播出，錄影帶發行，全沒通知我。搞得我，對演藝界的印象，壞透了。心想她們二人，如果能藉此轉行，當上餐廳老闆娘，自己管自己，騙術難上門，未嘗不是一件功德。於是便十分熱心的為她們擬定餐廳名字，撰

夜宴圖海鮮餐廳信封。

寫招牌題字，設計餐廳商標以及信紙信封名片。

我借用五代韓熙載的蓋世傑作——人物仕女長卷《夜宴圖》，為餐廳命名，裝潢也參考古畫，一絲不苟，如圖炮製。她倆砸重金，把租來的地方，改造得美輪美奐，家具餐具，高級典雅，空間設計，含蓄雍容，風格簡淨如北宋，氣氛溫暖如江南。開幕一週前，餐廳廣邀親朋好友試吃，大家都十分滿意，認定開張必定大吉，財源絕對滾滾。

我看了菜單價目，眉頭微皺。心想，單價這麼貴，現在遇到股市正夯，還則罷了，一旦景氣衰退，這麼大的攤子，恐難維持。

果然不到半年，消息傳來，餐廳生意大好，老闆月月虧錢。媽媽發急了，連忙派人去打聽，情報回傳說，外場大賣鮑魚魚翅，廚房魚翅鮑魚大吃，兩位老闆各忙各的，根本沒空輪流上場監督，任由一幫黑心廚師，一手遮天，吃乾抹淨。

媽媽氣急敗壞，提醒妹妹要注意，廚房進貨出貨、備料用料，一定要嚴加管束核查。豈料她一翻白眼說：「開餐廳的，還怕人吃！」接著大聲宣布：

「去！告訴廚房，要吃盡量吃，只要把客人照顧好，一切我請客。」豪俠極了。

這一點，妹妹在性格上，像極了媽媽。

媽媽生性樂觀，愛交朋友。以前住在基隆，老鄰居搬到南部，每年會大包小包回來看她；她搬到台北，以前基隆與南部的老鄰居，每年都會大包小包到台北看她。她搬到美國，多年前從台灣搬到美國的老鄰居，也會跨州趕去看她。她搬到上海，台灣、美國的鄰居，說好了，一起去看她。

多少年來，都只聽說是要來看「羅太太」、「羅媽媽」的，很少說是要來看「羅先生」、「羅伯伯」的。可是送來的東西，都是指名要送給「羅先生」。「人敬我一尺，我敬人一丈！」這是媽媽的口頭禪。「下次別再費事跑來了！」這是爸爸的口頭禪。

媽媽在基隆請的第一個幫傭名叫「阿英」，拿手菜是「乾煎糖醋小魚乾」，香酥爽口，是我的最愛。她的口頭禪是：「太太，妳那麼愛乾淨，一定是日本人，還不肯承認。」

媽媽在北平、青島淪陷區，學過近八年的日文，但我們卻從來沒聽她開口說過。爸爸的同事，早稻田大學畢業的老葉，常喜歡在飯前酒後，大秀浪人式的日本胡話，嘔吐一地後，又跑到騎樓柱子旁，拉開褲襠，公然撒尿，失態失禮，大鬧笑話。媽媽總是一旁微哂看著，從不搭腔發話。我好奇的問：「明明會，為什麼不說？」媽媽總是淡淡地回答，自己沒有語言天才，學的全都忘了。

不過，阿英倒是曾經偷偷告訴我：「你媽媽用日本話跟我說，她不是日本人。你看，你看看，我就知道她是！」阿英後來成了全家好友，一直到她過世前，每年都來看我們，帶來一大包香噴噴的「乾煎糖醋小魚乾」。

搬到台北後，媽媽請了一位富態型女傭，外號叫「胖子」，幫忙粗重的家事，只做半天。為體恤「胖子」每天遠從三重趕來敦化南路復旦橋這邊來上工，特別同意她九點到就可以，燒完午飯、洗完碗，便回。大家相處愉快，一晃五六年。

有一天，媽媽站在客廳邊擦窗子，低頭看到在大廈門口來了一輛計程車，匆忙下車的居然是「胖子」，三步併作兩步，趕上樓來。

「唉呀！妳從三重坐計程車——來的？」媽媽開門問道。

「是啊，不然我趕不及嘛！」

「那怎麼划得來？三重到這裡，那麼遠！」

「太太，沒事啦。我家那個，以前是小工，現在已經從小包工變大包工啦，最近就包了好幾個工程。他老是叫我不要做了，不要做了。我也把其他兼的都辭掉了，就是太太這邊，我捨不得呀。一天不來就不鬆快，計程車的錢，沒什麼啦，我有啦！」

這回妹妹餐廳事件，一馬當先，挺身而出，願意幫忙的，卻是「阿霞」。她原來是三姥爺三姥姥住在高雄時請來的幫傭。三姥爺調回基隆後，遭人誣告，在證據不符、誣告人最後又承認誣告的情況下，依舊被判了十年冤獄。消息傳到高雄，阿霞義憤填膺，立刻北上探監，在三姥姥家義務幫忙十年，每週探監一次。南開大學畢業的三姥爺，被關了半年後，得到上峯默契，獄方特許，保內就醫，住在醫務室中，每月開班，教授獄方人員英文。

三姥爺出獄後，阿霞依舊留下照顧，直至他去世，簡直比兒女家人還親。這樣的阿「俠」，當然與媽媽相見恨晚。媽媽搬去上海時，她特別勻出一個月的時間，隨媽媽到上海，安排一切，並訓練上海請來的阿姨。

阿霞皺皺眉頭對媽媽說：「這要用計才行，妳不知道，那些廚師有多壞。」於是身材矮小的阿霞，假扮洗碗工到「夜宴圖」應徵，大廚、二廚、洗菜切菜的……一干人等，把她安排在廚房外間洗碗，等閒不許她踏入廚房一步。

雖然只有小學畢業，但卻有驚人的記憶力與分析力，阿霞埋頭專心洗碗，不問他事，暗暗把兩個月來，餐廳所有的動靜，記在心裡，大到貨物人員進出，小到垃圾數量內容，全不放過，每日記錄報告。

阿霞說，主廚亂進貨，妹妹、于楓一律批准。光是醬油，什麼老抽啦、壺底油啦，那麼貴的東西，一進就是一小卡車，堆滿了倉庫，都快到天花板了，根本用不完，全被他們廚房的，零星夾帶出去，然後整體轉賣。「這些全都被我跟蹤到了。」阿霞恨恨的說。

至於鮑魚、海參、魚翅，更是亂發、亂洗、亂丟，經理一不注意，整包整包的，丟入淺藍色大垃圾桶最底下，與深藍色真垃圾桶旁並排，絕對不讓我靠近，更別說要我幫忙倒垃圾了。「真教人心疼死了！」阿霞咬牙道。

妹妹看阿霞查到鐵證，陷入進退兩難的窘境。因為她與于楓，都沒有親自下廚的本事，一時之間也找不到能夠替換的班底。阿霞的家常菜，雖說是好到可以辦酒席的程度，然而到底是差了一個檔次，做二廚勉強可以，還談不上撐起一個高級餐廳。「夜宴圖」當初開幕時，宣傳太過高調，現在也拉不下臉來，說關就關。

主人洩了氣，廚房又怠工，餐廳服務品質，一落千丈，生意當然每下愈況。就這樣，一拖拖了半年，後來雖然找到替換人手，終究元氣已經大傷，每月虧損過鉅，不得不在開張後一年半，拉下鐵捲門，宣布收山。簽了五年合約的房租押金，全部泡湯。

要做生意賺錢，那怕是賺一塊錢，都不容易。開餐廳，這大街小巷到處都是，再普遍簡單不過的行業，水仍然是深不可測。

這一對難姊難妹，興奮又頑皮的捂著耳朵，在大白天，放了一發巨大又燦爛的美食煙火，大家還沒來及看清花樣色彩，就各自燒掉了近兩千萬台幣，悄然退場。

眼尖提琴夢

餐廳經營失利，氣急敗壞，急於扳回一城的妹妹，又立即傾囊下注，賭上股票，結果仍然是先贏後輸，一敗塗地。一年多後，妹妹痛定思痛，咬牙苦撐，振奮精神，回歸本行，試圖東山再起。

一九九〇年，準備了兩年的父母，終於決定，在「六四天安門事件」後，赴大陸探親，先訪視母親在北京、瀋陽的親戚，再回湖南老家，看望父親大哥的遺孀及姪子姪女，因為大伯已在文革時，遭紅衛兵迫害自盡。

探親之行，可謂羅家近四十年來的頭等大事。父母為每位親人預備了三千美金薄儀，做為見面禮。不能隨行的妹妹與我，也都各有貢獻。我因為手頭剛好來了一筆售畫款，遂能大方提供出來，以備父母路上不時之需；後來由媽媽決定，用這筆款子，剛好可為我唯一健在的舅舅，在瀋陽買一棟三室兩廳的房子居住。

二老的大陸返鄉之旅，順利成功，自然不在話下。返台時，滿滿四大箱行李，塞滿了各種土產禮物，也在意料之中。當大家一起打開父親最後最大的一只行李箱時，妹妹與我都笑出聲來。原來，裡面還塞了一只黑色泛白的破爛小提琴箱子。

父親解釋道，這是媽媽在瀋陽同父異母的三妹妹與三妹夫，硬要送的禮物。尤其是三妹夫，是地方上當紅的眼科大夫，在收到美金見面禮的剎那，眼淚就止不住的往下流，他哽咽道：「雖然沒見過面，但我們的大姊，果然真是大姊，四十年來，就沒有人對我們這麼好過。」於是他毅然決然，把密藏了近四十年的小提琴，千珍萬寶的捧了出來，做為回禮，非要父母收下不可。他解釋道，雖然這幾年，拜鄧小平改革開放之賜，割雙眼皮美容的人越來越多，生活改善了不少，但家中拿得出手的，還只有這把小提琴。

當年在瀋陽醫學院實習的他，對小提琴十分著迷，但買不起也學不起。後來在一個偶然機緣中，他搭救了一位流亡東北的白俄貴族，獲得了這把小提琴做為謝禮。他滿心歡喜，摩拳擦掌，正準備好好練習一番，不幸遇到了「反右運動」，嚇得趕快把琴收好藏好，只能在夜深人靜的時候，偶爾偷偷拿出來，摸摸，看看，再趕快復歸原位。

有一次，提琴名家馬思聰（一九二一—一九八七）到瀋陽演奏，他千辛萬苦，好不容易，雙手護著提琴，擠到馬思聰面前，請他法眼一觀。馬思聰被人簇擁著，快速斜斜瞄了該琴一眼，半回頭的對他喊道：「還可以！」「我這輩子，學小提琴是無望了！」三妹夫黯然道：「送到台灣，說不定還有知音。」

一旁圍觀的親戚朋友，七嘴八舌，都怪他不識好歹，台灣什麼沒有，稀罕你這把破琴，看你這又髒又爛的琴盒，早該扔到垃圾堆裡去了，怎麼還有臉拿來送人？況且這麼一大傢伙，把人家的高級皮箱都要撐破了，又重兮兮的，別忘了，他們還要回湖南去，就拖著你這個多餘的麻煩累贅，飛來飛去，你看合適嗎？

大家面面相覷，看著皺起眉頭的母親。「這也是他一番心意！」父親不忍當眾掃了捧琴人的面子，「我看皮箱夠大，裝得下！不麻煩！不麻煩！」化解了一場尷尬局面。

「怎麼樣，志堅在美國，只有你們兩個在這裡，誰要？」爸爸問。「我有鋼琴，已經夠嗆了，小提琴，就免了罷。」妹妹丟下一串笑聲，走了。媽媽說：「你拿去吧，藝文界你認識人多，師大又有音樂系，比較容易找到適合轉送的人。」

那時，我剛把我的「水墨齋」搬進怡安大廈六樓一年多，有一個屋頂溫室花園與畫室，空間比碧雲華廈一樓小石園多出一半，在書架後面，藏一把小提琴，應該毫無問題。

三年過去，我獲選應邀到美國聖路易美術館，在一樓大廳舉辦「當代藝術家邀請展」第五十四回展（Currents 54），得空上至二樓，看到正在舉行世界小提琴精品展，不免參觀一番。我隨意瀏覽，東看西看，總覺得有些眼熟，忽然想起家中那把小提琴，不禁心中一跳。

我對小提琴一竅不通，雖然認真努力，在展場裡觀摩了兩三回，仍然不得要領，只好向大鬍子展覽主任請教。「你回台北，從你的提琴的 f 型音孔斜斜往裡看，便可看到小提琴製作者的姓名。」大鬍子說：「然後以此一製作家為核心，上下左右，把諸名家追尋對比一遍，便可知道個大概，開始入門。」

回到台北，我把塵封了三年的小提琴，拿出來一看，琴盒雖破，但提琴本身，仍保存良好，造型典雅，與我在美術館裡看到的，不相上下。我斜斜舉起琴身，瞇著一隻眼，往 f 型音孔裡努力一瞧，果然，音箱背板上，貼有一張紙條，看了半天，依稀可以分辨，寫的是 Joseph Guarnerius fecit（fecit 德文：「製」）。我立刻打電話到師大音樂系去請教，助教們幫忙查問了半天，下班前的回答是：「不曉得耶！沒人聽說過。」

這時，在延平中學讀高一的大兒子放學回來，聽了，頭也不回的拋來一句：「家裡不是有《大英百科全書》，先查一下再說囉！」就回他自己房間去了。

「這麼專業的知識，百科全書裡怎麼會有？」我將信將疑的查了起來。不得了，隨手一翻，就查到了，全名是Joseph Guarnerius del Gesu（一六九八—一七四四），此公乃十八世紀歐洲最有名的小提琴製作大家是也。開玩笑，連百科全書裡都有，這該是多大的來頭！這種琴，我再無知，也曉得至少值兩百萬美金以上，如果碰巧是稀世絕品，四五百萬美金是跑不掉的。

我立刻把這消息電話告訴妹妹，她喜孜孜的在電話那頭說：「哥厄，我們發財囉。」父母聞訊的反應是：「要是真這麼貴，趕快設法還給人家。」「不是說都已經送給我們了

音箱背板上貼有 Joseph Guarnerius fecit 的紙條。

嗎？」我摸摸鼻子，有點懊惱的，小聲嘟囔著。

一九九〇年代的台灣，與六〇年代，早已今非昔比，台南的奇美博物館（一九九二），已擁有全球數量最多的小提琴收藏，百萬名琴，當然不只一把。我立刻打電話與奇美聯絡，希望館方能發揮專業，助我一臂之力，驗明真偽。可惜，一連聯絡了好幾天，全都不得要領，只好作罷。

天無絕人之路，幾天後，我接到大英博物館及倫敦大學亞非學院（SOAS）的邀請，於暑假期間，到倫敦演講並參加古畫鑑定研討會，可以趁此良機，把琴帶去，當面請教。

那些年，我除了在師大英語系所專任外，仍繼續在輔仁大學兼課，每週都要乘坐校車，台北、新莊來往一趟。起先幾年，下課回台北時，都與天才詩人方莘同車，無話不談，快樂無比。方莘去美國後，改與博學多聞的故宮客座研究員曾堉同車，暢談古今中外藝術史，獲益良多。曾堉在香港出車禍，回家靜養後，我與歷史系窮教授尹章義，輔仁大學的奇才兼「富翁」，湊在一起，討論台灣近現代史，聞所未聞，大開耳界。

忍了好一陣子的我，一天，不小心，竟然把這樁小提琴奇遇，透露給喜歡戴奇怪又難看帽子的鬍子老尹。「這太浪漫太傳奇了，想想看，沙皇貴族，愛樂如命，不幸遭遇列寧，喪盡家財，虎口餘生，只落得身懷名琴，隻身逃亡，潦倒東北，命懸一線。正在鬼門關頭，忽然巧遇救命恩公，大難不死，遂傾囊以名琴相贈，永感盛德！」他搖頭晃腦，一口氣大聲講到這裡，嗒了嗒嘴，意猶未盡，接著一拍大腿說：「新主愛琴入骨髓，雖不能操弓演奏，但卻知百般呵護，有如祥雲罩頂，保此名琴，逃過文革浩劫，終於十年之後，遇到善心識貨正主，成此一段佳話。琴乎琴乎，弓弦有知，必當迎風自鳴，韶樂飄升，歡慶九天也。」怎麼樣，不錯吧，他興奮得意的揮著手，好像提琴在他家一樣。

「雖然琴不是我的，但每次跟你坐在一起，我也渾身泛起一陣滿滿的幸福感。」有一天老尹下車時，回頭大聲對我說：「幸福這玩意兒，居然會傳染，你說怪不怪！」於是，我與妹妹就在這種幸福感中，度過了平生最舒服的六個月。

搭機飛倫敦時，太太為我製作了一個大錦囊，小心翼翼的把破琴盒，裝在裡面，有如包裹嬰兒，一路懷抱到西思樂機場。好友韋陀教授來機場接我到他家小住。進門卸下行李，便到後院花園，在夕陽餘暉中，欣賞牆上攀爬的紅玫瑰、黃玫瑰，細品他夫人英淑泡的韓國茶。大家一起聊了半天，他們二人，無一語提及放在進門廳的小提琴，連要求看一眼也沒有。

我按捺不住，找了一個空檔，直截了當的問，明天何時去大英博物館，請教提琴專家。「噯，這點小事，何必費事約專家，明天早上，你帶著琴，去艦隊街（Fleet St.）附近，隨便哪一家提琴行，一問便知。方便得很。」

話鋒一轉，韋陀問我：「你對仇十洲熟不熟？會不會看？」

「我十幾歲的時候，依照報紙雜誌上的黑白照片，把台北故宮的實甫真跡，臨摹了七八件，看不清楚的地方，就按照自己的意思去猜。」我回憶道：「後來等到故宮展出原件，便趕快跑去親自核對，結果證明當初猜對了十之八九，很是得意，應該算是會看吧。」

「昨天下午，有一位老先生，拿了一件仇英到館裡來，說是要求鑑定。很長的一卷青綠山水人物，金碧輝煌，漂亮極了。」

「不用看了，一定是蘇州片子，過去我見過七、八卷，不是署名『十洲』，就是款識『千里』，一律青綠描金，熱鬧極了，細究筆法、造型、設色，多半軟弱無力，充滿習氣，毫無大家風範。」韋陀笑咪咪的連連稱是，在英淑的呼喚聲中，與我一起回屋內，共進晚餐。

第二天，我捧著寶琴，到達英國報業大本營艦隊街。老友楊孔鑫（一九二三——）主持的中央社倫敦辦事處，就在這條街上，他還寫過一本《誰改變了艦隊街》（中正書局，一九九六），介紹英國報業百年滄桑史。沒想到小提琴大本營，也在這條街附近。

我沿路走去，果然，一家接一家，都是琴行。有一家，從街右看去，櫥窗最大，但除卻印在玻璃窗上的店名，空無一物。我過街走近一看，原來偌大個櫥窗，只放了一把小提琴，而且還是橫臥著的，一不注意，就錯過了。該琴顏色如淡巧克力，琴頭如麻花捲，造型十分特別，一下子就把我給鎮住了。

就這一家吧，我心裡想，於是推門而入。店鋪內空無一人，但見幾個長條型玻璃櫃，擺放成一個凹字型，中間有一台辦公桌。我看了看櫃子裡的小提琴，看到玻璃櫃上放了一台手按鈴，便噹——按了一下。不一會兒，裡面走出來一個蓄小鬍子的小夥計。

「What can I do for you, Sir?」小鬍子站在辦公桌後，禮貌的問我。

「I would like to see your manager, if he is available.」我用美語要求道。

「I am the manager, Sir.」

「Oh!」

我有點尷尬的從錦囊中把琴盒掏出來，放在玻璃櫃上，打開蓋子，指著提琴用英國腔說：

「I have a violin here!」

「Yes, I can see that. What can I do for you, Sir?」

小鬍子站在原地不動，並沒有要過來看的意思。我只好斜斜把琴盒掂起來，亮出底牌說：

「It says Joseph Guarnerius!」（上面寫著 Joseph Guarnerius!）

「Yes, I can see that, Sir. What can I do for you, Sir?」

我暗暗罵了一聲：「該死！」漲紅了臉說：

「Could you come over to have a look and estimate a price for me?」

（你能過來看看，估個價給我？）

小鬍子依舊站在原地不動，頭也不抬，一面翻閱桌子上的文件，一面閒閒隨口回答：

「Three hundred to four hundred pounds, Sir. Anything else do you want to know? Sir.」（三百鎊到四百鎊，先生。您還想問什麼？）

「Oh, thanks, that's it!」我的臉一下紅到耳根：「Thank you for your time.」我訕訕的收起了提琴，摸摸鼻子，沒有說再見，轉身推門而出。

站在開始飄毛毛雨的人行道上，我深深吸了一口氣，想起了「仇英」，不禁莞爾一笑。

後記：我原封不動的把錦囊抱回了台北，遵母親之囑，交給了頻頻進出上海的妹妹，託她將提琴物歸原主。近三十年後，這種被歸為 School of Joseph

Guarnerius（瓜內蕤厄思派）的提琴，依品質的優劣區分，價錢好的時候，最高可值三到四千英鎊。

卷五

電影炮艇書畫船長

炮艇電影緣有緣無

妹妹的演藝緣，最早可追溯到她五歲的時候。

一九六五年冬，美國大導演懷思（Robert Wise, 1914-2005）到基隆港實地拍攝《聖保羅號炮艇》（*The Sand Pebbles*, 1966），造成很大轟動。因為他的名作如《我要活下去！》（*I want to live!*, 1958）、《西城故事》（*West Side Story*, 1961），還有正在台北上映的歌舞片（musical）《真善美》（*The Sound of Music*, 1965），都在全島締造票房佳績，備受推崇，我們一家都去觀賞，過足了電影癮。

此次來台擔任《聖》片的男女主角，動作天王史提夫．麥昆（Steve McQueen），美豔紅星甘蒂絲．柏根（Candice Bergen），給人的印象，更是理想絕配，許多人都頗思一睹廬山真面。尤其是史提夫．麥昆，在《第三集中營》（*The Great Escape*, 1963）中扮演的硬漢形象，令台灣影迷為之瘋狂，粉絲多不勝數。

此外，父親對《聖》片也有很大的期待，因為該片故事場景設在湖南長沙、湘潭之間的湘江上，時代背景則從民國十五年國民革命軍北伐（一九二六—一九二八），到十六年中共兩湖秋收暴動（一九二七），講述美國炮艇USS San Pablo依前清簽訂的「內河航行權」，於揚子江、湘江一帶，來回巡邏，保護美國商業利益的故事。父親以為能隨該片劇組，在基隆河上，找到類似家鄉的景致，跟著攝影記錄，以慰思鄉之情。不過後來知道，片中長沙一景，為求近便省事，以淡水教堂一帶的景觀取代，大失所望，熱情頓失。

記得那是一個星期天下午，許多親戚朋友一早就來聯絡，說是下午要到父親辦公室三樓，去看《聖》片劇組在碼頭上拍外景戲。父親公司位在基隆忠一路與中山一路的交會口，設在當時海港附近最高建築的二三樓，窗戶高敞，視野開闊，是觀賞碼頭活動的最佳地點。於是大家約好時間，帶了飲料零食，聚集在三樓窗前，見識了這部好萊塢長篇史詩巨作的拍攝實況。

碼頭水邊，但見大型旋轉吊車載著攝影師，在導演的指揮下，上下左右自由滑動，忽而高空，忽而海面，多角度取景；幾個主要演員，與一堆臨時演員，也在工作人員安排下，依序走位，簡單幾個動作，不斷重複拍攝，非要導演滿意不可。我們這些高樓觀戰的外行，摸不著竅門，沒幾分鐘便看煩了，紛紛坐下來休息聊天，父親找了個空檔，為坐在旋轉高椅上的妹妹，拍了一張照片。

1965 年羅霈穎五歲時觀看《聖保羅號炮艇》之拍攝。

第二年，《聖》片殺青，獲奧斯卡最佳影片提名。史提夫．麥昆也因演技有所突破，平生第一次，獲最佳男主角提名。在東西冷戰高潮時代，如此具有批判性的反戰電影，因政治原因，無法到大陸拍攝；復因政治原因，在台灣無法上映，雖然荒謬，但也理所當然。不過，大家耐心看完廚師備料，卻不能品嘗熬煮起鍋的美食，實在不無遺憾。

好在拜資訊科技之賜，如今我們上網一搜，《聖》片應指可得，細讀影片欄下，五十年多後的遲到影評，羅列成串，對此長達三小時的反戰劇情片，居然還有不少稱讚之詞，可見，大導演懷思，寶刀未老，功力非比等閒。

《聖》片最大的主角San Pablo號炮艇，是劇組花費二十萬美金在香港訂做的，吃水甚淺，被戲稱為「福斯公司有史以來最大的道具」。我與妹妹看了，都搖頭表示不屑。因為真正的戰艦，我們見多了。

長駐左營而常來家中作客的姨丈，出身廣東海軍世家，一路從艦長到艦隊司令，到海軍官校校長、海軍副總司令，再到中船董事長，是當今有名的潛艇專家。他每次到基隆，如果機緣湊巧，都會邀請我們登艦參觀，詳加介紹。因此對艦艇的種種，連五六歲的妹妹都略知皮毛。

看過了《聖》片的實際拍攝過程，使我興起對電影編劇、剪接等細節，進一步瞭解的雄心，也促成了日後我與小野在《民生報》共同開設影評專欄的契機，更為三十年後《羅青看電影》（台北：東大圖書，一九九五。）一書的出版，打下了基礎。

妹妹二十二歲時，因主演台視八點檔電視連續劇《再愛我一次》（一九八二），頂著「最佳演技新星」的光環，在影視界開始竄紅，參加各種演出的機會，逐漸增多，同時也多次應邀到南部勞軍表演，提升士氣。每次到了海軍，她所受到的接待，規格都超過一般，弄得大家還以為是參謀總長來了。

其實那幾年，她所參與的十多部電影與電視，都是一般的三廳娛樂故事片或學生情人打鬧片（melodrama），如《台北甜心》、《飛越補習班》、《人蛇大戰》、《家和萬事興》……之類，重點在票房，不在藝術。

有分量的電影，妹妹只參加過一部，那就是台灣新電影代表作之一，楊德昌的處女劇情長片《海灘的一天》（一九八三）。在該片中，她飾演一位喜歡打情罵俏的浮誇美女，表現雖然令人驚豔，但前後只有不到三十秒的戲分，僅能聊備一格。

弟弟眼看妹妹演戲一炮而紅，頗不以為然。「論演電影，我還是她的前輩哩！」弟弟嘛嘛嘴，指著他的電吉他說：「我們合唱團，就應邀上過鏡頭！」

的確，一九七〇年代中期，他和他的電吉他合唱團，真的上過一部大家都記不起名字的三廳電影，導演是李行（一九三〇—二〇二一），編劇是住在怡安大廈後面的鄰居瓊瑤，許多親友都被請去捧場觀賞。大家聚精會神看了半天，也沒有看到弟弟出現，十分失望。

羅霈穎《海灘的一天》劇照。

後來根據內行人的仔細回想，電影中出現的那把電吉他，是弟弟的沒錯，至於那隻彈吉他的手，是不是弟弟的，還有待考證。

書畫海外緣來緣去

從八〇年代妹妹在演藝界出道開始，到一九九七亞洲金融風暴前後，二十年間，是台灣百業興旺的全盛時期，建築業、影劇業、新聞業固不消說，連畫廊業與骨董業都繁榮異常。

我第一次畫展，是在一九八〇年秋，展出四十件作品，開幕當天，出售了三十九件，次日夜，在家中又出售了六十五件，全都被年輕的英國鼻煙壺收藏家 Hugh Moss 及其團隊購藏。此事成了台灣藝壇三十年來，前所未有的奇聞。

後來我才知道，歐美蓬勃的中國鼻煙壺市場，是 Hugh 自己一個人，從十六歲開始，隻手創造出來的，把一兩英鎊的小鼻煙壺，炒到了上千英鎊，也成了西方藝術市場上的奇聞。他以二十九歲的年紀，就宣布退休，搬到香港沙田，專心研究中國近現代書畫。

過了半年，牛津藝術史家，大名鼎鼎的蘇立文教授（Michael Sullivan, 1916-2013），應南港中研院之邀，來台北參加古畫研討會，於會後告訴我，Mr. Moss是創立於一九一〇年英國老牌亞洲藝術骨董店Sydney L. Moss Ltd.的家族成員，該店設於全英國最尊貴的Claridge's（一八五四）五星大飯店內，不打好領帶，不准進入，因為在此，隨時可遇到皇室王公貴戚，甚至女皇陛下。

該店第三代掌櫃Paul Moss，曾隨Hugh來台北參觀我的畫室。而我每次到倫敦，也一定去Paul那裡掏寶，時有所獲。二〇一二年後，曾孫Oliver準備接手，把店址移至翠綠公園（Green Park）旁皇后街（Queen Street）轉角上，建築純白典雅，燈光橙黃溫暖，是綿綿細雨時節，留連一個下午的好去處。

蘇教授的提醒，引起我開始從世界藝術市場的角度，展望中國墨彩畫的未來。傳統中國墨彩畫的收藏，一直以中國本土為主，韓、日為輔。清末民初，日本因率先成功工業化，國民所得激增，出版業蓬勃發展，愛藝人士及公私機構，開始大量在上海、平、津一帶收購中國古今書畫，成立美術館庋藏，並以珂羅版大量影印出版書畫碑帖，回銷中國，成為華夏藝術海外最大的買家、藏家與推廣家。

然此一時期，中國皇家與私家文物，在戰爭與貿易交替掠奪搜刮下，更是大量流入西方市場及博物館；到了一九八〇年代，幾乎所有西方大城如倫敦、巴黎、柏林、蘇黎世、紐約、芝加哥、舊金山、洛杉磯……都有制度相當完善的東方藝術館，或中國藝術館。連一般中等城市如布拉格、斯德哥爾摩……也有體制粗具的東方美術館。這些大小城市，聯合起來，發揮長期保存、展示、研究、出版，以及推廣中國文物的使命，力量不可小覷。

從二戰後到一九八〇年代，四十年間，歐美這些公私藝術機構，加上大學專業系所，已經成功累積了一大批中國藝術愛好者，開始積極介入全球當代墨彩畫市場。凡此種種，皆凸顯了中國藝術品，在近百年來的流傳過程中，所遭遇到的命運，在坎坷中有轉機，在起伏中有利弊，是禍福相伏又相依的。

我們知道，在人類歷史上，存在過各樣大小藝術傳統，但真正淵遠流長，代創新猷，從藝術家、藝評家、藝術史家、藝術藏家……組織互動完備，世代承繼不斷的，只有西方油彩畫體系與中國墨彩畫體系兩大主流。

二次世界大戰後，以畫廊代理畫家制度為主的歐洲油彩藝術市場，從巴黎、倫敦，擴展轉移到紐約，一直到二〇〇一年紐約「九一一恐攻事件」為止，形成人類歷史上長達半個世紀的一段藝術繁榮期，可謂盛況空前。當代藝術名家的畫價之高，超越前代，在一九八〇年代中期，紛紛達到頂峰。

在一九九〇年代，許多在倫敦、紐約活動的藝術敏感之士，已經嗅出中國藝術即將成為二十一世紀的新寵。Hugh 是這一批得風氣之先的領頭羊，他曾送過我一篇他寫的市場預測論文，詳細推論當代中國藝術，在二十一世紀的發展，並大量購藏張大千、傅抱石……等，當代中國墨彩畫的代表性作品。三十年後，他的預言，多半實現，而他自己，也在獲利了結後，居然順利轉型成一位墨彩藝術家。

我閱讀 Hugh 的藝術市場文章後不久，有一位姓楚迪（Tschudi）的中年婦女打來電話，想跟我預約，到畫室看畫。三天後，一個星期六的下午，婦人依約而至，原來是在師大中國語言文化中心學中文的學生。我說妳的姓很奇怪，應該是北歐來的吧？果然不錯，她從挪威來台，住在YWCA，已經學了半年中文，因為在師大看到我展出的畫作與書法，非常喜歡，想來收藏幾張小畫，留做紀念。我看她打扮樸素，談吐優雅，等她選定畫作後，還特別打了個折扣，以示對學生優惠。

臨走時，我搬起畫框送她下樓，準備在大廈前攔計程車，正在左右張望之際，剛好碰到妹妹開著她的保時捷過來，便商請她送楚迪太太一程，以免搬運之苦。

過了一週，楚迪太太又打電話過來，說楚迪先生的船已到基隆港，現在住中泰賓館，希望能約時間，再來看畫。這次我特別請妹妹開車去接他們夫婦，並訂好巷口有名的羅曼蒂法國餐廳，準備看完畫後，邀妹妹作陪，共進晚餐。

大家見面後，楚迪先生出示名片，上面印著一行大寫黑體字 Captain Tschudi，加上小寫地址電話，簡單樸素明瞭。晚餐時候，楚迪先生不斷的誇讚妹妹的英文，並認為她開那輛 nice little car 的技術還不錯，又補充了一句，只是車子維修起來，麻煩一點。楚迪太太則熱心的邀請我們到挪威度假：「我們住在一個小島上，非常幽靜，你們來，可住上一個月都沒問題！」

那天，他們選了七八張大山水畫，裱成卷軸的，當天就帶走；裱裝入雕花木框的，由輪船總務安排運送，不勞我費神。

「哥呀，你的畫，真可以賣錢耶！那，我也要！」第二天，妹妹不由分說的，從我書畫櫃中，砰！砰！砰！抽選了三件書畫，猶疑了一下，再加兩件，帶走了。其中有一件，是我絕不外流的少作，十九歲時仿故宮所藏文待詔《青綠山水圖》。

父母親對我的字畫，從來沒有說過一個「好」字，最多會半開玩笑的笑說：「畫了半天，就才只畫成這個熊樣子，還有人要？」這已經是莫大的讚美了！弄得我日後養成了一個壞毛病，那就是看到自己兒子，有一點表現，便不吝讚美，過度誇獎，犯了戰後中產階層在子女教育上的硬傷。

父親過世後，母親忽然喜歡起熊貓來，破天荒的對我說：「我看你畫的熊貓蠻好的，給媽媽畫一張吧，要抱著一隻小熊貓的。」過去，我畫過不少歡慶父母生日的雙壽圖，然專門為母親作畫，五十年來，這是第一次。

2

1

3

1. 羅青十九歲作《青綠山水仿文待詔》。
2. 羅青 1991 年《妙悟書法：跳繩子》。
3. 羅青《親情》。

一九九三年夏，我應諾貝爾獎終身評委馬悅然之邀，訪問斯德哥爾摩十天，住在有名的「作家之屋」，除了參加拙作翻譯成瑞典文的發表酒會外，並於次日，與委員會秘書長及全體有空出席的委員共十四位，共進午餐；餐後，敲酒杯為號，發表半小時簡短演講。

正式拜會完畢，接下來是自由旅行參觀時間。我得暇聯絡奧斯陸（Oslo）的楚迪伉儷，相約會面。他們聞訊大喜，高興的派車來接我去家中小住。三個多小時後，車到水邊，下車登船，等船到小島碼頭，停靠好後，我才恍然大悟，整個小島，都是他們家的。

至於島主，當然是挪威數一數二有名的船王大亨「楚迪船長」（Captain Tschudi）。

羅青與馬悅然在瑞典。

收藏機遇緣起緣滅

人與事相會，人與人相見，人與物相遇，都要靠機緣，人力完全無法左右，絲毫勉強不得。至於如何緣起，又如何緣滅，則全在寸心一念之間，人力似乎又可以左右。

妹妹的姻緣路，曲折多變，一直維持單身，因此對我兩個兒子，也就是她的寶貝姪子，特別疼愛，要求亦嚴，常常以要把財產留給他們為激勵，期望他們努力精進。

以前只有在英國小說或歷史上讀到，某某在窮困潦倒之際，忽然收到律師通知，可以繼承大筆遺產，從此一帆風順，當起不可一世的老爺來。

例如浪漫派大詩人拜倫（George Gordon Byron, 1788-1824），小時候因為父親揮霍家產及妻子嫁妝無度，最後遠走法國，棄他們母子於不顧，弄得一家子，雖然出身貴族，但卻只能僻居蘇格蘭鄉下，生活困頓，談不上什麼未來。拜倫十歲時，意外之財，居然由天外飛來！他的維廉大叔（great-uncle），人稱「缺德鬼」的第五世拜倫男爵過世，留給他大筆財產，還有世襲爵位。

於是母親經過一番精神振作，毅然帶著十三歲的拜倫，回到倫敦，讓他進入與伊頓公學（Eton College）齊名的哈羅公學（Harrow School），七年後，又進入大名鼎鼎的劍橋三一學院（Trinity College, Cambridge）就讀。開學那天，愛寵物如命的拜倫，鮮衣怒馬，來到校門口，從馬車上，牽下一條紐芬蘭大狗（Newfoundland dog），不由分說，就要闖關。被守門的及時攔住，告知學校明文規定，不得攜犬入校。

第二天，拜倫又轟轟烈烈的來了，這次牽下車的，是一隻狗熊。校規只說狗不行，沒說狗熊不行，於是，他堂而皇之，遛著這隻龐然大物，進入校園，還企圖為之註冊入學，成為三一學院的正式學生。

在人口老化加少子化的台灣，這種年幼就能繼承遺產的事情，也會漸漸增多。但會不會給大家帶來一個拜倫式的怪才，那就讓我們拭目以待了。

不過，財富的累積與名聲的建樹，還要靠自己的能力與努力，才真算數。意外之財，或能成就一個準備好的老實人，但更能毀滅一個得意忘形的天才，二十歲後，一路狂飆人生的拜倫，只活了三十六歲，就是證明。

我家老大，赴美留學，浪跡異鄉；老二，念完研究所後，暫時在家待業，摸索出路。我徵得他同意，姑且利用這半年時間，兼職為我拍照整理家藏書畫，把我過去三十年間，辛苦累積的幻燈片檔，改換成電子資料庫。這樣一來，他一方面學習如何鑑賞元明清三代墨跡，一方面也可充實藝術史及美學史知識，能夠讓理論與實際，相輔相成，綜合吸收，應是天賜美差，實乃可遇不可求的難得機緣。

父子約定，每日在天下樓畫室會面，早九晚五，中午休息二小時，免費提供職前訓練，交通食宿，及工作必要的資訊及知識，月薪一萬元。如此安排，從六月開始，一切順利愉快。到了八月父親節，兒子突發奇想，願意奉上一萬元，以表孝心。

「現在不急，等兩個月後我生日再說。」我慢條斯理的建議：「要學會看畫，必須先學自己會買，光只看別人的畫，或博物館的，有如隔靴搔癢，無法真的看進骨髓裡去。」

「過兩天，我陪你到北部的大小骨董店逛逛，看看有沒有小名家的精品可選，你收一件，作為自己的密藏，掛在房間入口，抬頭可見處，朝夕過眼，於不經意中，練習觀察構圖、筆法、設色。久而久之，此畫便成了你的專用『試金石』（touchstone）。以後，凡是遇到比這張畫水準高的，就值得多看一眼了。」我一口氣說到這裡，又加了一句：「只要把自己眼睛練好，遍地都是黃金，隨手可拾。這世上，百分之九十九點九的人，都不真會看畫，另外零點零一的人，也要看運氣好不好，決斷力夠不夠，心胸寬不寬。從鑑賞功力到哲學修養，還有一條漫長的路要走。」

十幾天後，我們父子兩人，終於在逛骨董店時，有所收穫。那是一件姓白的無名畫家所作的山水宮室人物畫，仿清宮院體《十二月令圖》畫風，滿紙亭台樓閣、迴廊水榭，在假山湖石、古柏老檜之間，上下穿行，其中點綴大小人物四十餘人，或坐或站，或聚或散，談笑玩耍，其樂融融。

圖中，山石樹叢最高處，隱約掩映一空亭，獨對江畔煙樹層層，暮雲千里無垠，大有繁華盡去見空茫之意，境界不俗。畫面右上角，煙雲空闊處，畫家題有〈清平樂〉小令一闋，意思悠遠，詞云：

繁華無限，都付雲煙眼。一老江頭春畹晚，寫到舊時臺閣。
可憐剩水殘霞，曹騰鷗夢漁家；名士美人何處，六朝芳草天涯。

白宗魏畫並題　朱文印：〔述先〕白文印：〔白宗魏〕

白宗魏？何許人也？《中國美術家人名辭典》並無記載。過去一千五百年來，書畫家姓白的，不會超過三十五位，其中最有名的，當推會書法的大詩人白居易，可惜，他無真跡傳世。接下來就是近代的書畫名家白蕉（一九〇七—

白宗魏《繁華無限圖》。

一九六九），除此之外，再無他人。此畫題材未能超脫，然處理卻極有分寸，各種母題皆備，是初學者的好教材，應該是清末民初，我老師溥心畬（一八九六—一九六四）那一輩的畫家，值得新手收藏，鍛鍊眼力。

我的腦子，記事記人，完全不行，但記憶書畫圖章，卻是過目不忘。此畫或可定名為《繁華無限圖》，三年前曾在店裡掛出一次，要價台幣三萬，久久無人問津。現在又掛了出來，在價錢上，說不定有商議的空間。於是，我們爺倆上前與老闆說明，此畫是好畫，要價三萬，不但合理，而且偏低。然而，這回是年輕人第一次收藏，鍛鍊眼力，資金有限，不知可否以底價一萬元出讓。

老闆看到來說情的是我，買家是我兒子，不得不賣我這個老主顧一個面子，稍微沉吟一下，便爽快答應。「畫家雖然無名，但畫卻是中上之作，中規中矩，法度儼然，可以欣賞學習。」我滿意的說：「先求穩妥，再求變化，創作如此，鑑賞亦然！」

兩年後的一天，在早餐桌上，我一面喝牛奶，一面翻看昨天北京拍賣公司寄來的《嘉德通訊》，報導當年春拍各種高潮亮點。無意間，翻到一頁特別報導，眼角感覺上面刊出的畫作，有點眼熟，連忙仔細定睛一看，畫作拍賣價創新高的焦點主角，不是別人，居然是白宗魏（一八九四—一九二九）。他的兩幅山水畫，依尺寸大小，分別以人民幣十二萬至三十七萬拍出，是《繁華無限圖》的六十到一百八十五倍。

我連忙上網查看，原來白宗魏之所以突然竄紅，與大陸新興相聲名家郭德綱有關。

故事發生在民國十八年十月十二日上午，天津日租界百貨業之冠，高達七層的中原百貨公司大樓頂。該樓每層六米，整棟樓高達四十二米，為當時中國北方最高建築。在大樓即將啟用之際，居然發生年輕畫家在此墜樓身亡的不幸事件，轟動一時，遂成為民國十大奇案之一。

死者白宗魏，三十六歲，北京人，滿洲正白旗。出身官宦，家境殷實，幼時父母相繼亡故，兩個兄弟狂嫖爛賭，家道迅速敗落。滿清退位，民國成立，宗魏以幼年學畫的老根底，得族人接濟，考入北平藝術專科學校習墨彩畫，頗得老師青睞，以幼女金季聰妻之。白宗魏迫於生活，於民國十四年離京抵津，暫住南市福星客棧，委託福林閣中介，鬻畫自給。

當時直隸省長兼任軍務督辦褚玉璞，是奉系軍閥大將，於平津、直隸一代，集軍政大權於一身，隻手遮天於華北。其兄褚玉鳳，乃地方紈絝惡少，仗勢欺人，橫行霸道，無所不為。他為金季聰美色所迷，遂以買畫為藉口，曲折強占，橫刀奪愛。弄得白宗魏投訴無門，只好用毛筆宣紙，大書冤情始末，揣入懷中，跳樓自盡，喧騰全國。

三十六歲的大詩人拜倫，富甲一方，為支持希臘獨立，親赴前線，遭遇暴風，嚴重感冒，竟為庸醫所誤，連續放血治療，不幸罹患敗血症（sepsis）而卒。

三十六歲的詩畫家白宗魏，窮困潦倒，為了鬻畫維生，被軍閥設計霸占妻室，欺凌侮辱，逼得走投無路，含冤自殺。一重於泰山，一輕於鴻毛，其悲劇的程度，似乎有大小高下之別。

然闊少爺拜倫之死，以英雄劇開始，以鬧劇閉幕，讀來荒謬可笑；窮小子宗魏之死，卻以喜鬧劇開始，以悲劇收場，令人為之憮然。

此事被民國相聲名家張壽臣（一八九九—一九七〇）改編，成為一齣相當有名的單口相聲長篇，傳誦一時。近十年前，北方相聲人氣名角郭德綱（一九七三—），將此一淹沒無聞的單口段子，重新演繹，四處宣講，一炮而響，從此名聲鵲起，紅遍大江南北，連帶的，也再度捧紅了白宗魏，數年之間，其作品在拍賣場中，也跟著水漲船高。

我把這個消息，電話告訴兒子，電話那一端，兒子喔了一聲，似乎只報我以 a nonchalant shrug（若無其事的聳肩）。過了幾天，兒子來天下樓畫室找資料，待了一小時，走了。

又過了幾天，我到庫房去翻東西，赫然發現，一件卷軸，突出於畫架最上端，抽出來一看，竟是白宗魏那張《繁華無限圖》。

蛻變集

初次在基隆家中洗澡。

三個月大 攝於基隆家中玄關。

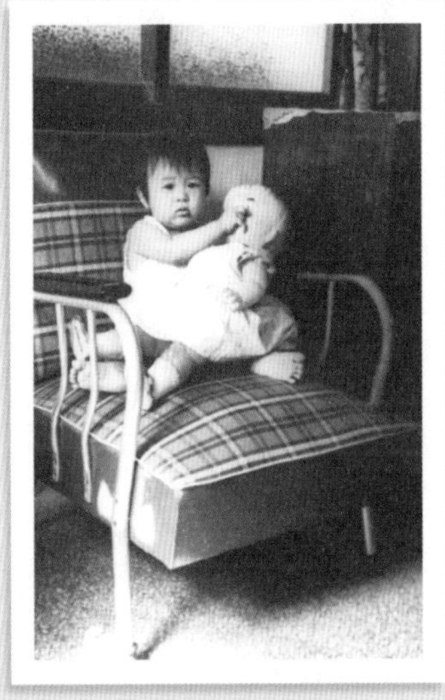

娃娃抱娃娃於基隆家中客廳。

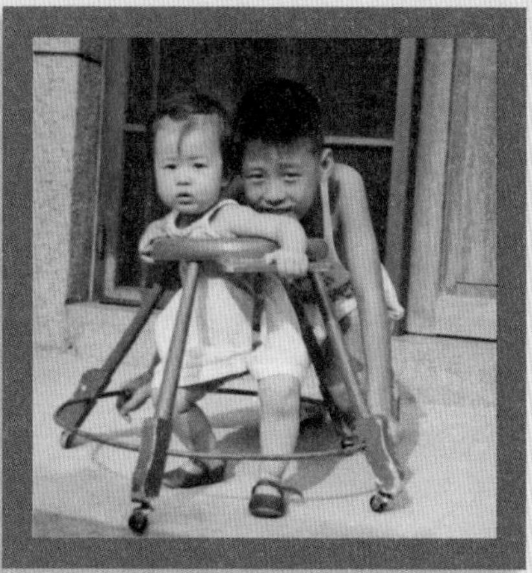

二哥抱霈穎 攝於基隆家中陽台。

美人蕉旁 攝於基隆家中花園。

花籃舞 攝於基隆若石幼稚園。

與修女同學合影 攝於基隆若石幼稚園。

與母親在石獅旁 攝於基隆公園。

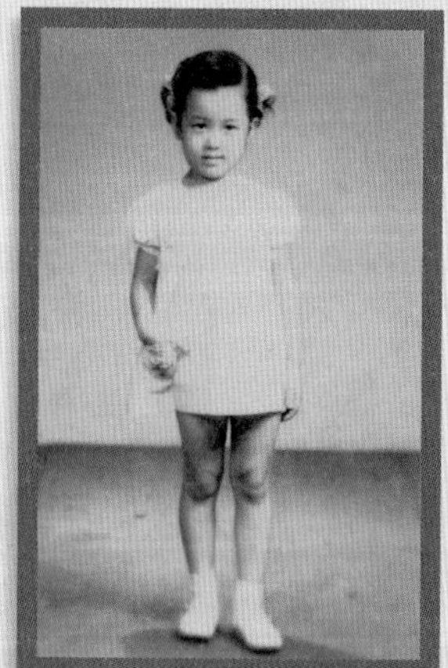

四歲 攝於基隆照相館。

五歲 攝於基隆公園。

六歲 攝於台北陽明山公園。

七歲 攝於基隆家中庭園草地。

三兄妹 攝於基隆家中花園。

泛舟樂 攝於台北碧潭。

大哥和霈穎 攝於台北陽明山。

父親和霈穎 攝於基隆公園。

父親和發脾氣的霈穎 攝於台北植物園。

全家福 攝於基隆公園。

小學六年級 攝於基隆家中庭園。

十五歲 就讀崇光女中時。

十八歲 就讀淡水基督書院。

十九歲 就讀淡水基督書院。

二十歲 就讀淡水基督書院。

二十歲 就讀淡水基督書院。

卷六

四百年一次的機遇

被迫收藏其樂無窮

我個人書畫展的頻率，與台北藝術市場及台灣經濟起飛，幾乎同步往上進行，一直到一九九七年亞洲金融風暴後，才慢慢下滑，約在五六年間，進入谷底。當年，台灣倚靠大陸市場支撐，經濟勉強能夠維持穩定，逃過亞洲金融劫難。然三十年來，市場百業一直不斷上衝的氣勢不再，房市、畫市漸漸陷入長期停滯，一直要到二〇一四年才喘過氣來。

妹妹的演藝事業，到了二〇〇五年，也陷入了谷底，無奈順從算命先生的建議，把名字從羅璧玲改成「霈穎」，取「有水斯有財」之義，希望從此能再「沛然穎發」一回。

不過，她從一九九〇年代所啟用的書畫收藏印記：白文印：「璧玲真賞」、朱文印：「璧玲珍藏」，倒是一直沿用，始終沒有改變。英文押花印：「Eva」，也未改動。

不過，這近二十年的本土停滯期，卻給了我意外的機遇，讓我水到渠成的，從海島出發，挾藝遊走於香港、上海、紐約、倫敦、巴黎、瑞士之間，不斷的演講、鑑定、畫展，化劣勢為優勢，為自己開創出一個全新的海外藝術天地。

書呆子如我，對名車豪宅，興趣不大，賣畫所得雖超過教書薪水甚多，然我全都一古腦，投入歷代筆墨的收藏，滿足嗜古愛畫之奇癖。清代大收藏家博爾都（一六四九—一七〇八）有「愛畫入骨髓」一印，表示對歷代名

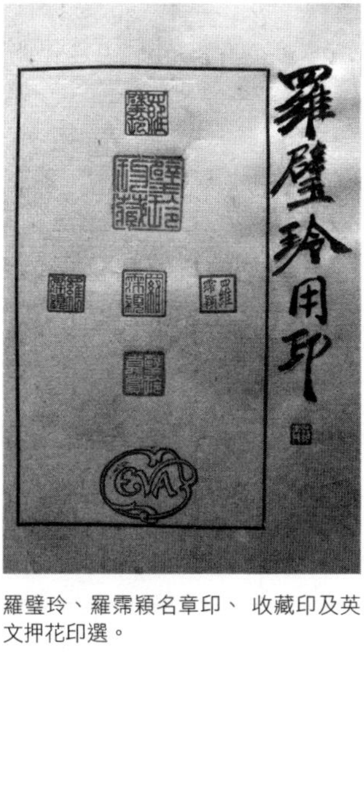

羅璧玲、羅霈穎名章印、 收藏印及英文押花印選。

跡的珍愛，有如性命。近代書畫大師及收藏大家張大千，常常自稱「富可敵國，貧無立錐」。並鐫有庋藏印曰：「球圖寶骨肉情」、「南北東西只有相隨無別離」。這些都是愛藝者出自至誠的肺腑之言，絕非虛張聲勢的門面話。與那些左手進右手出，只知套利賺錢的好事家，當有天淵之別。

庸鄙凡愚如我，要想在藝術上有所精進，最佳途徑，就是步溥心畬、張大千、黃君璧諸前賢的後塵，從臨摹古畫，到精鑑收藏，只有不斷的向歷代古人學習，方能站在巨人的肩膀上，高瞻遠矚。

我是贊成「習古」甚至「泥古」的，因為要想成為「古人」，必須是天才中的天才，方才能夠。虛浮爛誇的庸才，絕對無法進入「古人」之列。以我之愚駑，若整天都能跟天才在一起，切磋學習，絕對不會吃虧。一般自以為天才的蠢材，連識古都不配，遑論習古？更談不上泥古！

天下樓第一批藏品，得之於香江藏家繆樂民先生。我首次個展成功的消息，不脛而走，傳到九龍。他揣測我手頭當有售畫餘款，趁返台探望妹妹繆愛貞之便，從香港帶來一批張大千與關良的精品，以極優惠的價格，並附贈丁衍庸先生（一九〇二—一九七八）的簡筆水墨真跡，逼我庋藏，讓我毫無招架之力。

樂民先生是國軍第九集團軍總司令，第四、七戰區長官司令部參謀長繆培南先生（一八九五—一九七〇）的第四子，同時也是衍公先生任教新亞書院時的學生。他相貌奇古，有如五代僧貫休（八三二—九一二）畫的阿羅漢，丁字臉、三角眼、鷹勾鼻，有點暴牙外加頰邊黑痣上有長毛飄飄，望之，如影劇中的匪

繆樂民賜贈丁衍庸之簡筆花卉精品《玉蘭蝴蝶圖》。

類、鼠輩、壞蛋；即之，則溫良恭儉讓，乃一難得之謙謙誠信君子也。他特別尊師重道，友愛親朋，曾多次在《雄獅美術》雜誌發表文章，譽揚乃師畫作。

衍公當年任廣東省立藝專校長，建樹頗多，氣象一新，後來因勸阻並開除參加「反飢餓、反迫害、反內戰」學潮的學生，遭到教授學生驅趕下台，於一九四九年隻身流寓香江。當時他懷中所攜，居然只是八大山人、石濤的畫作和秦漢玉璽、銅印。阮囊羞澀、境況艱困時，他曾館居於繆家，故繆氏兄弟姊妹多蓄衍公書畫，日後常常持之奉贈解人，毫不吝惜。

收藏古畫的閘門，既然為我而開，此後活水源源不斷，灌我心田，豐我筆墨，潤我雙眼，杜我貪念，啟我知識，長我智慧，這都要感謝樂民先生當初熱心啟迪之功，令我銘念至今。

而妹妹受我影響，曾一度想涉獵收藏中國古代書畫，這也是我始料所未及的。

四百年來僅此一次

若要摧毀一個文化傳承，十年已經足夠，若要恢復，三個十年，還嫌遠遠不夠。

「十年文革」結束後，一九七九年，大陸鄧小平施行「改革開放」政策，恢復可行的經濟制度。一窮二白的大陸一般民眾，漸漸重拾正常貿易活動，為求彩色電視、收錄音機、電子手錶……等電子設備，改善生活，常以出售自家無法欣賞瞭解的祖傳收藏，以為交換，遂令許多台灣漁船，放棄打魚，成為兩岸海上雜貨骨董交易大戶。這使得台北字畫古物鋪，如雨後春筍，紛紛成立，在短短三五年內，成了台灣骨董交易中心，吸引大批日本觀光客來台，大肆採購。

我掐指一算，發現這是四百年來僅有的機遇，不可錯過。

從明朝萬曆皇帝（一五六三—一六二〇）開始，對書畫收藏，興趣不大，皇家大內所蓄珍寶，大量流失，遂使民間收藏快速崛起，大收藏家如項元汴（一五二五—一五九〇）、王世貞（一五二六—一五九〇）、韓世能（一五二八—一五九八）、詹景鳳（一五三二—一六〇二）、董其昌（一五五五—一六三〇）、陳繼儒（一五五八—一六三九）、李日華（一五六五—一六三五）、張丑（一五七七—一六四三）、錢謙益（一五八二—一六六四）、汪砢玉（一五八七—？）……紛紛出世，各自出版書畫錄，記載家藏精品，炫耀友朋，以為誇富鬥奇之用，好事家人數之多，超越前代。弄得明末風雅之士，若無書畫錄之作，雕版行世，幾乎難以在士林立足。

《四庫全書總目提要》卷一一四，載有名士張泰階（一五八八—？）於崇禎七年（一六三四）出版《寶繪錄》二十卷，記載他倩人偽造六朝、晉唐以至元明鉅跡，計二百餘件，配上偽造題跋款識與鑑定印章，廣為流傳，冀博美譽而未能，反而淪為笑談。

上述公私密藏書畫，在明末清初，兵荒馬亂之際，曾經流散重整一次，在雍正乾隆時代，又匯聚入皇家庫房及私人鉅富之手，旋即臻至盛世收藏的頂峰高潮。到了清末民初，在外侮不斷的情況下，再度四處流散，僅皇室收藏一脈，不斷慘遭各國聯軍浩劫，支離破碎多次，慘不忍睹。

民國成立後，遭外人劫餘的大內收藏，再遭溥儀與皇室太監盜賣，流離失所，散落民間；對日抗戰時，公私收藏，又被日人侵擾掠奪，三度損壞遇劫。只有倖存的故宮國寶及國立中央博物院文物，由國民政府派專人護持運送，毫髮未損，到達台灣，倖免於難。

至於重要私人收藏，也歷經各種劫難，幾至不保，幸賴藏家捨命保全，流傳有緒，大體保存完好。不過，到了一九六〇年代末，文化大革命時，十年之間，所有的公私收藏，都受到一定程度的衝擊，連帶的，民眾對文物鑑賞的能力也普遍下降，形成四百年來未有之新局，使「改革開放」後的二十年間，成為四百年來，有識之士的最佳收藏時機。

從一九八〇年到二〇〇〇年，台北的骨董店，從原來的十幾家，一下子變為一百多家，各種出現在地上或地下的文物商場，紛紛成立，熱鬧非常。其中規模最大的，當屬總號建立在桃園大溪鴻禧山莊（現已改名為「大溪山莊」）的寄暢園，堪稱世界之最。

至於來往中、港、澳、台的單幫骨董販子，更是不計其數，經營的品類，五花八門，無奇不有，使台北成為收藏家的樂園。而台灣藏家，繼日本藏家之後，也在世界中華文物拍賣市場上，展現非凡的眼光與實力，贏得舉世矚目。

從一九九〇年代初開始，世界兩大拍賣公司蘇富比與佳士得，紛紛來設代表處並舉辦拍賣預展，推出一流的古今中外文物，吸引了許多本地還有國外的藏家買家及藝術愛好者，前來觀賞研究，使台灣一度有機會，邁步跨入世界藝術市場，大展鴻圖，繼而成為亞洲藝術中心。

可惜當時台灣朝野，在藝術教育及藝術市場認識上，都處於蒙昧狀態，有關藝術的法令規章，也都還停留在愚昧層次，既不知文化藝術產業為何物？也不懂各類藝術產業機構建立的先後順序，更遑論藝術產業與學術理論結合的重要性！

如何讓藏家財富有效使用發揮影響、如何讓藝術判斷的公信力正向成長、如何讓識別藝術創新機制漸趨成熟，以及如何讓藝術市場的自由度不斷增加，同時又讓這四大藝術環節，有機互輔發展，共生共榮，都是當時該注意而未注意的重要議題。最後導致世界藝術市場，全面撤離台灣，而台北成為亞洲藝術中心的美夢，也隨風而逝，逝如夢幻泡影的亞洲金融中心。

四百年來唯一的一次機遇，就這樣白白在台灣朝野無知的指縫間，溜失了！

好畫必與妹妹分享

當局者迷，從一九八〇年代中期開始，我幾乎每週都會遇到，適合自己胃口，又物美價廉的絕品，一個月下來，所獲掛滿一牆，甚是可觀。讀書作文之暇，一茗在手，尚友古人，細賞滿牆筆法老辣縱橫的法書中堂條屏，及墨華燦爛的山水人物花鳥，實在是人生一大樂事。

一日妹妹突然來到我的頂樓畫室，說是要看我的新作，準備挑一件送人。不料被她看到一牆古畫，於是便撒嬌說要選一張作紀念。古人云：「財不露白」，既然密藏被她撞見，只好摸摸鼻子，假裝大方的說：「牆上的任妳挑一件，架上的只能看看，不許要！」我心想，她平日並未留心古畫，品味必定一般，挑好東西是需要長期培養眼力的。

「小——氣，就一件？」

「一件就已夠傷筋動骨了！」我大聲說：「多了豈不要我老命！這些都是一輩子可遇不可求的東西呀。」

妹妹在滿牆字畫前來回走了兩遍，站定在一條顧麟士（一八六五—一九二九）的墨筆山水畫前，仔細端詳起來。

我一看，大事不妙，滿牆最精采、最沉鬱蒼茫的一件作品：結構開合弛張有度，筆墨變化層次豐富，眼下馬上就要被她在無意間挑走了！這，實在太划不來了。於是立刻調虎離山的說：「我看旁邊這張任立凡（一八四〇—一八九六）的花鳥，比較適合妳，走的是陳老蓮工筆設色的路子，花枝清新可愛，色彩雅豔絕倫，他可是鼎鼎大名的『海上四任』之一，晚清第一大天才畫家任熊（一八二三—一八五七）的兒子任預呀！才氣直追甚至超過任伯年吶！」

話還沒說完，只見她當機立斷，指著顧麟士說：「就這張囉！不許反悔

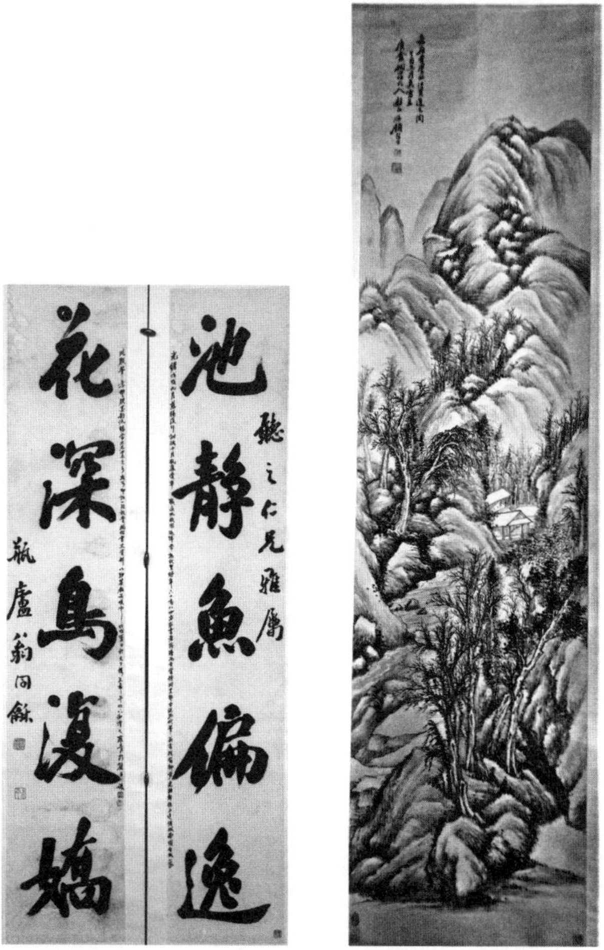

右：顧麟士光緒二十三年（1897）三十三歲作《仿李、江筆意山水》。
左：翁同龢對聯。

喲。」回頭看到我錯愕的樣子，她得意的說：「別想矇我，哥呀，從小我們家就到處掛畫，走進走出，瞄了這麼多年，不會看也會猜呀！」

「好！好！好！算妳厲害！送！送！送！」我無可奈何的連聲說：「下不為例，下不為例啊！」

「那當然，我的眼睛可是賊得很吶！」妹妹咯咯咯笑著走了。

以後我再也不敢在不設防的情況下，掛畫滿牆，自得其樂了。

過了幾個月，一天，妹妹突然跑上六樓「小石園」中，拿了一副對聯，要我看。「聽說是翁同蘇的，哥呀，你看看，對不對？」

「什麼翁同蘇？是翁同『和』，『龢』這個字，是『和』的古寫，『翁同龢』，來頭不小，是鼓勵光緒變法的那位帝師耶！」我打開下聯，看了一下款識鈐印，鐵口直斷的說：「假的！」

「印章倒是對的，印泥也是上等的朱磦，只是字不對！」我又補充了幾句。

「該死，受騙上當了，我去退去！」妹妹眉頭一皺，恨恨地說。

「買了就買了，全當交學費了唄！不要去鬧了。」我心平氣和地說：「說不定，賣的人也看不懂，他核對印譜，看印章對，就以為全對了。並非存心騙妳！論售價，雖然比市價高一些，但也還不離譜，沒有真要坑妳！」

「那留著一副假對聯，有什麼用，我可沒有臉掛出來丟人現眼！」

「妳以為什麼人都會看字畫呀，告訴妳，全世界，真會看的，就沒有幾個。尤其是什麼博物院、美術館的，最不會看。」我撇了撇嘴：「沒有親自花錢，吃過許多次虧，收藏個百千件東西的，根本談不上什麼鑑定。什麼台港大陸幾大幾大鑑定名家，都不真完全可靠。看來看去，只有北京的啟功先生（一九一二—二〇〇五），真是會看，而且懂得來龍去脈，又能三言兩語，說清楚，講明白。」

「那就放在家裡發霉？我買東西，是想發財耶！誰能像你，每一件都成了寶貝，這也捨不得，那也捨不得。」

「也不盡然！」我笑著說：「妳這件翁同龢（一八三〇—一九〇四），看筆法，應該是出自他晚年的『代筆』趙古泥（一八七四—一九三三）之手，這是藝術史上有名的『佳話』。買翁得趙，也還算可以了。現在趙古泥不值什麼錢，可是在抽屜裡擺了幾年，時候到了，價錢也一定會上去的，漲個兩三倍，不成問題。現在買趙古泥真跡容易，但要買趙古泥的翁同龢，反而困難，到頭來，誰知道，可能還會奇貨可居呢！」我抿了抿嘴，繼續笑著說：「等哪天我有空，幫妳在對聯上題一長跋，說明原委，那這件東西就不一樣了！」

「真的呀！那太好了！」妹妹轉憂為喜，皺緊的眉頭，突然展平，鬆了一口氣說：「那就放一放，等一等囉！」她天真的笑了起來：「收藏古畫，學問太大了，連名字都念不對，我還是改成專門收藏大哥的畫好了！」

這下，輪到我又笑不出來了。

後記：

兩年前，妹妹生日，想起了翁同龢的對聯，敦促我題識說明，我懷著感慨的心情，在「翁同龢對聯」上，補題了當初我答應她要寫的長跋：

光緒戊戌九月，慈禧復行訓政；十月，瓶盧遭革職，永不敘用，返歸常熟故里，時年六十有八。四方求書者，接踵而至，嘗倩同里趙古泥代筆。翁書顏筋柳骨，老辣斬絕，上追諸城、南園，自成一家。此幀，筆意豐腴，墨韻流暢，當出石農之手，或可印證一段故實，補綴書史資料，以助茶飯談笑也。戊戌夏日於天下樓大希堂燈下，湘潭人羅青拜觀並識。

題跋的時間，剛好距「戊戌政變」，一百二十年。

今年八月初妹妹猝然辭世後，我在她的衣櫃間裡發現了我以前送她的大黑帆布袋子。打開來一看，除了她收藏的古畫外，其他都是我的畫，滿滿一大袋，有的是我送的生日禮物，其他，都是遭她突襲，硬挑走的。

妹妹的衣櫃間，是一大房間改裝而成，裡面衣物，依照顏色、長短、四季分類，整齊排掛成行，十分容易翻找，二十四小時除濕，非常乾爽通風，也是藏畫最好的地方。已經三十多年了，這批書畫，打開來，狀況如新，裡外良好，比我自己保管的，還要用心。

我檢查了一下，顧麟士與趙古泥寫的翁同龢，兩件東西都還在，並沒有被她轉手出讓。兩件作品上，都鈐有她的收藏印記：「壁玲真賞」白文印、「壁玲珍藏」朱文印。慚愧，當初我還以為，她之所以催我題識，是想在我長跋鈐印之後，將此聯讓售他人。

元和顧麟士，是清末蘇州大書畫收藏家「過雲樓」顧子山文彬的孫子，他字鶴逸，號西津，擅畫山水，精於鑒別，秉承先志，廣事搜求，豐富過雲樓舊藏書畫，出版《過雲樓書畫記》，詳細述錄。

他家學淵源，涵濡功深，下筆多逸氣，在水木清華的怡園別業中，日以書畫會晤契合之友，廣收博取，作品直追陸廉夫（一八五一——一九二〇），不讓

1830 翁同龢（趙古泥代筆）池靜花深行書五言聯。

林琴南（一八五二—一九二四），可謂晚清書畫家的殿軍。

顧麟士的山水，當今的拍賣行情價，稍有起色，是當初購入價的三十到四十倍。至於趙古泥的對聯，價格依舊處於低潮期，當今的拍賣行情價，是當初購入價（翁同龢）的三到四倍而已。

卷七

哈哈鏡中悲喜因緣

個性是一面哈哈鏡

正如莎士比亞《皆大歡喜》一劇開場白所云：「世界一大舞台，男女不過演員。」（All the world's a stage, / And all the men and women merely players.）

如今，這世界不但是一個大舞台，而且還應該是一個充斥著「遊樂場」、「歡樂園」、「狂歡節」、「屠宰場」、「選舉季」、「集中營」、「瘋人院」的人間購物中心（Shopping Mall），一切皆可扮演買賣，道德、正義、自由、民主、真理、權力、慈悲，全都急凍上市待價而沽，隨意解凍相互串演登台。

至於舞台上演出的內容，從樂觀享樂主義者的觀點看來，多半是喜劇，或看起來像悲劇的喜劇。從悲觀苦修主義者的觀點看，世界舞台上，永遠遭悲劇霸占，或由看起來像黑色喜劇的悲劇來主導。

喜劇論者，弄到最後，容易玩世不恭（cynicism）；悲劇論者，到頭來常陷入遁世嫉俗（misanthropist）。實際上，所有人間購物舞台上演出的戲劇，只有一種，那就是悲喜劇加喜悲劇，像古老又新潮的貓熊，黑眼圈永遠是憂愁的八字眉，胖身體又老是充滿了歡樂感。

舞台上常見哈哈鏡（distorting mirror），藉凸凹不平的鏡面，導致不規則光線反射與聚焦，扭曲反映人形物象，突梯滑稽，恐怖變形，令人在驚奇之餘，或皺眉大怒，或失聲狂笑。放置在遊樂場、歡樂園、狂歡節中的哈哈鏡，多半顯而易見；安裝於屠宰場、集中營、瘋人院、選舉季中的哈哈鏡，總是隱藏難察。

不過一般人，對哈哈鏡的反應，常是一笑置之，喜多於悲，因此又稱做funhouse mirror（樂園鏡）或 carnival mirror（狂歡鏡）。個性不同的男男女女，自己就是包含各種瑕疵的哈哈鏡，各自以獨特的「個性鏡面」，反映或悲或喜的命運與愛情。

存在主義小說家卡繆（Albert Camus, 1913-1960）說過一句耐人尋味的話：「不依靠希望與未來，意味著人更能隨心所欲。」（That privation of hope and future means an increase in man's availability.）

鏡中的羅霈穎。

樂觀主義者的眼睛，最擅看見「希望」，而又常被「希望」蒙蔽甚至控制；悲觀主義者眼中，永遠沒有「未來」，而又最常被「未來」誤導然後坑害。若想超越希望與未來，只有堅持享樂當下的存在主義者，才有辦法。而隨心所欲結出來的果實，往往是一顆巨大無比的孤獨國，以無邊的孤寂為核心。

巴西詩人保羅．柯艾略（Paulo Coelho, 1947-）有警句曰：「沒有比愛情更深奧的了。童話世界裡，公主親青蛙，青蛙變王子；現實世界裡，公主親王子，王子變青蛙。」（There's nothing deeper than love. In fairy tales, the princesses kiss the frogs, and the frogs become princes. In real life, the princesses kiss princes, and the princes turn into frogs.）

這句話到了妹妹的後現代世界裡，往往成了：「王子親了睜開眼睛的公主後，先縮小成青蛙，再膨脹成蟾蜍，散發出刺鼻的銅臭。」

妹妹的初戀對象是一位乳臭未乾沒有肩膀的富二代。富二代的宿命有二，一是大肆揮霍，爭產敗家；二是謹小慎微，維穩守成。二人熱戀時，男方因辦公室與我家鄰近，常常到家裡吃中飯。只見他言語收斂，謙恭有禮，給人勤奮上進好青年的印象。

父母親對此，淡然處之，只靜靜觀察，並未表態。目空一切的我，對商人

羅青 作《王子青蛙圖》。

興趣不大，認為缺乏文化想像力的市儈之徒，是窮得只剩下一肚子錢的貔貅，置之眼角做吉祥物可也。同時我也知道，在商人眼中，我那令人目眩神搖的十八般武藝，也不值什麼蔥薑蒜皮。破教書匠窮畫家嘛，能夠折騰出什麼名堂出來？

沒想到樂觀爽朗、俠氣干雲的妹妹，這次是動了真情，居然異想天開，想用商業世家所聽得懂的語言，博得終身大事的圓滿。她過世後，我整理她的抽屜，看到大筆記本中，依舊珍藏著當年那張發黃的長方形卡片，上面寫滿天真幼稚、虛擬美好的甜蜜幻想：

> 我倆訂於民國七十五年元月四日，於美國拉斯維加斯結婚。
> 如違約者，須賠償對方美金二百五十萬元整。

字條上下，由雙方鄭重簽下姓名，字條中間，蓋滿四個紅色的手印，雙重簽證加雙重印證，更凸顯了熱切中的無奈，堅定中的懷疑，希望中的絕望，「既濟」後的「未濟」。現在乍然看去，好像字條上，燃燒著四團冰涼的火焰，不能焚燒成灰，也無法熄滅無痕。

果然，「愛情是失火的友情。」（Love is friendship that has caught fire.）專欄女作家安蘭德（Ann Landers, 1918-2002）如是提醒我們。而這卡片，簡直是一張從火場中遞出來的求救字條，但卻錯塞入洗槽水龍頭的口中，結果當然是緣木求魚，只落得兜頭噴下風涼的冷水。

男方家長堅持要妹妹放棄演藝生涯，方能嫁入所謂「豪門」。這對一生要強的妹妹，覺得自己的志業（conviction）受到重大污辱，當然絕對無法接受。即使是強烈反對妹妹從事演藝工作的父母，對如此輕蔑的條件，也臉色凝重，斷斷不能吞嚥。

曾經一度為妹妹在電視台為名歌星伴舞而大發雷霆的父親，對此一句話也沒說，只是默默徵得我兄弟倆的同意，把敦化南路房子的產權，轉讓給妹妹，做為今後她演藝事業的後盾。

對大多數人來說，婦女獨立自主（woman emancipation），在一九八〇年代的台灣，雖說已經脫韁而出，但仍然面對一條艱辛漫長的道路要走。「我自己就是豪門，幹嘛還要嫁入豪門！」多年後，妹妹這句流傳甚廣的名言，有如韁龍上騰，迎風招展於竹梢之上，供人仰望，應該是那次內外夾擊雙重矛盾經驗的副產品。

在這兩股力量，糾纏推擠之下，妹妹一而再，再而三的，在生存環境複雜險峻的影藝界，屢敗屢起，笑傲風雲近四十年，終於獲得廣大觀眾的支持與喜愛。

一般說來，所謂的「女性主義者」，可以分成兩類：一是五官身材高矮胖瘦，搭配協調者；一是五官身材高矮胖瘦，有欠協調者。前者，絕口不談任何高頭理論，只顧在實際上，占盡各種可能占到的上風與便宜。後者，在口頭上，常愛揚言平等解放照顧所有女性，卻恨恨不可得；而實際上，則往往陷於進退失據的泥淖，尷尬動彈不得。這兩類人馬，互動不多，各自平行發展，自嘗後果，自得其樂，而內幕實情如何，則不足與外人道。

美國鄉村歌曲天后桃莉．芭頓（Dolly Parton, 1946-）曾辛辣的酸言酸語道：

「愛情是天堂所賜，讓你煩惱成地獄的東西。」（Love is something sent from heaven to worry the hell out of you.）初戀隨風而逝後，妹妹懷著「強硬個性的哈哈鏡」，注定陷入在天堂中打造地獄，又在地獄中打造天堂的愛情輪迴，反映人生中各式各樣變形的喜悲悲喜劇。

但凡她帶回家來的對象，我都或深或淺的接觸過，國籍無論中外，年齡無論大小，都是一表人才，談吐斯文，隨著妹妹，一會兒東，一會兒西，四處團團轉。至於事業能力、表達魅力，則鮮有超過妹妹的。到頭來，不是這樣，就是那樣，全在金錢上虧欠妹妹甚巨。當然，豪放俠女的多金氣勢，也不是一般人能受得了或伺候得了的。

有一陣子，她迷上一位圈內實力派的奶油唱將，但聰明又精明的她，已經學乖了，並沒有輕舉妄動，避免鬧出任何花邊新聞來。

「這都是個什麼個性？都是被你們慣壞了。」我向媽媽抱怨道，「當初我不是說過了嗎，這樣慣來慣去，將來要出問題的！」事後諸葛的我，不時碎著嘴念叨。

「噯，這孩子，怎麼會這樣呢？看看這脾氣，天生的湖南騾子。」媽媽搖頭嘆道：「你們不知道，我拿起棍子，才罵了一聲，還沒來得及打，她就氣得大哭，一口氣上不來，就當場翻起白眼，從椅子上，頭一仰，就倒栽了過去！」

我想起來，妹妹三歲半時，遭媽媽嚴厲責罵，立刻當場昏厥過去那件事。

「那年頭，巷口還沒有出租車。」媽媽皺起眉頭說：「只好抱著她，三步兩步，出了巷子，跑上對街的三輪車，送到四姥爺的醫院，打了半天點滴，才甦醒過來，真是嚇死人了！」

一個月前，妹妹猝然辭世的消息，終於傳到母親耳中。「這孩子，噯……怎麼會這樣呢？」她雙眼木然，望著一片空茫，一個人，動也不動的，抱著妹妹送她的熊貓玩偶，坐在長長沙發的一角，整個人，變成了一尊抱著小熊貓的大熊貓。

在清理妹妹遺物時，我分別在兩處，找到兩個保險箱，一大一小。大的密碼是父親的生日，小的是初戀的。

能使自己成為自己

四十五歲以後，妹妹常在電視談話節目中，戴著新改的名字「羅霈穎」為面具，大放厥詞，直抒胸臆，真真假假，虛虛實實，把單身獨立工作婦女，外在的辛酸苦辣、一腔怨氣；內在的私密生活，情色逸趣，平實又誇張的盡情傾吐，百無禁忌，抓住了觀眾的想像力與同理心。

看了她的節目，會讓人感覺到阮玲玉（一九一〇—一九三五）「人言可畏」輿論殺人的現代，真的已轉換成「無言可畏」眾聲喧譁的後現代。

誠如妹妹最喜歡的英國作家王爾德（Oscar Wilde, 1854-1900）所言：「人們代表自己說話時，最不像自己。給他一副面具，就實話實說了。」（Man is least himself when he talks in his own person. Give him a mask, and he will tell the truth.）她的遺體在火葬場，等待焚化時，許多在附近工作的清潔工、守門員、服務員……紛紛跑來向我表達對妹妹死忠的立場，異口同聲的說：「我們一向都是最支持羅美眉的！她太棒了！」

「你們永遠會喜歡我的。」這時我聽到王爾德在我耳邊狡黠的說：「我代表你們犯下所有你們不敢犯的『罪』。」（You will always be fond of me. I represent to you all the sins you never had the courage to commit.）

然而做自己，豈是容易的。台北建國北路高架橋下，有一巨幅廣告，其上大書英國小說家吳爾芙的名言：「一個人能使自己成為自己，比什麼都重要！」說得輕巧，最是誤人。

希臘德爾菲阿波羅神廟入口上，鐫刻「七賢誡令」中的箴言：「認識自己！」就是提醒大家，凡人非神，要想認識自己，談何容易，更遑論「使自己成為自己」。那幅廣告本身，就埋在都市雜亂的彩繪、窗戶、窗架、冷氣、管線、路燈、路樹裡，險些沒頂不見，形成了一個絕佳的反諷。

「大多數人都一直在做別人。」王爾德趁機插上一嘴：「思想是他人的，生活是模仿的，連熱情都是借用的。」（Most people are other people. Their thoughts are someone else's opinions, their lives a mimicry, their passions a quotation.）

了解自己，是一個艱辛的過程；今天剛剛邁前一步，以為自己是這樣的，明天遇到挫折，立刻就倒退三步，認為自己是那樣的。無論前進或後退，能夠不正反反正，原地繞圈子的，能夠持續不斷一條路走到底的，實不多見。

建國北路高架橋下的巨幅廣告。

妹妹在辭世前五六年，因健康與睡眠的原因，住在上海的時間居多。但台北電視台有通告，愛熱鬧的她，是來者不拒，一定準時高調參加。在這個八卦當道，「每人都會揚名全球十五分鐘！」（Andy Warhol: everybody will be world famous for fifteen minutes.）的時代，妹妹說：「美人，可揚名全球三十分鐘。」證之威爾斯王妃黛安娜，此言不虛。

五十五歲以後，妹妹讀書的時間減少，以前還會在劉墉《我不是教你詐》這類的書上，蓋上自己的收藏印。後來則以看陳文茜的節目，或聽陳鳳馨、張大春的廣播節目為主，認為他們是台灣「廣電三傑」，頭腦清晰，見解出眾，不畏群犬，勇於發聲，齒牙凌厲，擅於表達。當然，因為作息的關係，她成了陳文茜的死忠粉絲，無論在台北或是上海，《文茜世界周報》一定準時收看。但她自己，卻無意朝這方面轉型。

在中國，一般說來，以「享樂主義者」為標榜的人物，多半集中在六朝，而且都是酒鬼。「竹林七賢」之一，寫〈酒德頌〉的劉伶，便是例子。《晉書・列傳十九》記載他：「常乘鹿車，攜一壺酒，使人荷鍤而隨之，謂曰：『死便埋我。』」是喝到死的代表。

其實這種縱情酒色的「真人」（《列子・楊朱篇》鄧析語），最早可以追溯到春秋時代，例如被孔子讚為鄭國大賢的子產公孫僑：「有兄曰公孫朝，有弟曰公孫穆，朝好酒，穆好色。朝之室也聚酒千鍾……穆之後庭比房數十……」，兄弟二人對「善治外」的名相子產，高調宣導他們的「享樂論」云：「夫善治外者，物未必治，而身交苦；善治內者，物未必亂，而性交逸。」一心一意，沉溺於自己感官的安逸，「不知世道之安危，人理之悔吝，室內之有亡，九族之親疏，存亡之哀樂也。雖水火兵刀交於前，弗知也。」

滴酒不沾的妹妹則說：「我可是玩瘋了。現在，再不玩，怕玩不動了，要瘋狂玩到死。」如此誇張任性之論，實在不讓朝、穆、劉伶專美，既不合於儒家，也有違於道家，恐怕連供奉歡喜佛的藏傳佛法，也難以海納。我聽了，愣了半晌，不知如何化解此一過激的人生態度。心中暗忖道，或許她是想以「英雄欺人」、「語不驚人死不休」的方式，刺激一下中產保守主義者。

又或許，只有通達如達賴喇嘛者，方能化解此障。「如果一個人盯著一棵果樹看，把上面的果子看到掉下來，這還不夠！」他如此開導身業、口業、意業深重者：「要能把地上的果子，再給看回樹上去！」

一個人，膽敢豁出一切，出生入死，固然不易。不過，要能在死裡重生，方是大忍力、大耐力與大智慧。然而，從古到今，世間又有幾人，有此定力？把落地的果子，重新看回到樹上去，只有具備詩眼的炎櫻，才辨得到：「每一隻蝴蝶，都是一朵花的鬼魂，回來尋訪它自己。」（張愛玲《炎櫻語錄》）

上述種種，早就隱含在妹妹的外文名字「伊娃」（Eva）之中：「幻滅與重生」（evanescence and renascence）以些微之差，幾乎可以同時存在，又同時不存在，有如薛丁格之貓（Schrödinger's cat）。

妹妹過世後，為了避免鋪天蓋地而來的八卦新聞，我本想不設靈堂，喪禮從簡，以低調不失隆重的方式，發表哀弔詩文，分送我親自簽名鈐印的訃聞，限量版一百份，默默為她平靜送行。此議一出，立刻遭到妹妹生前眾好友……強力反對，認為這樣遠遠不夠，不符合她一生的行事風格。

既然「使自己成為自己」是妹妹一輩子的追求，但這「成為自己」的最後一程，還需要「非自己」替她完成。「生命中只有一事，比被別人八卦還糟！」在這個節骨眼，王爾德又來多嘴：「那就是完全不被八卦。」（There is only one thing in life worse than being talked about, and that is not being talked about.）我也只好從善如流，化簡為繁，仰仗眾多慈心熱腸的好友，順勢舉辦一場盛大隆重的葬禮。

在一片高調又熱鬧的祭祀悼念聲中，我戴上口罩墨鏡，低調而沉默的，先是捧著她的靈位，在無數八卦閃光燈的叮咬中，靜靜修行；接下來又捧著她的骨灰，在刺蝟八卦麥克風的吸吮中，緩緩潛行。

最後，讓妹妹安息在父親的身邊，父女再度結伴同行。

手縫棉被變成手帕

妹妹的閨密，深夜來電話，希望我能找到放在她床頭的兩方綢子手帕，準備下個月去祭拜時，要在納骨塔前，焚寄給妹妹。「姊姊每天晚上，必須握著手帕，才能入眠，即使吃過安眠藥，沒有手帕，還是不行。」

「姊姊最近這半年，常常服藥過量，造成夢遊現象。」閨密繼續泫然訴說著：「連續在深夜跌倒好幾次，弄得雙腳受傷，要緊急送醫治療，才能康復。」

「我想燒手帕給她，希望她從此好眠，不再遭受夢遊跌倒之苦！」

我聽了一陣抽心撕肺，只好將信將疑的答應，一定為她找到，快遞過去。

果然，在妹妹床頭，找到兩方摺疊整齊的緞子手帕。一大一小，一深巧克力色，一淺巧克力色。我用手一摸，淺色的那一條，已經被磨得起了毛球，這才恍然大悟，原來如此！

鼻子一酸，我暗暗嘆道：「妹妹啊，妳怎麼就長不大呢？」

記得那時妹妹才剛上小學，遇到我在家，晚上睡覺時，不時會要我給她講故事。在秋末初冬的晚上，蓋上母親新縫的棉被：那象牙花色的棉布被單、橘紅色的緞子被面，白天在深藍色的曬衣竿上，吸飽了絢爛秋陽的體溫，晚上包裹著剛剛曬好彈好的棉絮，蓋在身上，蓬鬆、乾爽又暖和。

我一面講故事，一面教妹妹用手，撫摸光滑微涼的緞子被面，讓手指在綢緞與棉布之間穿梭，感受平順自在的舒適感。「閉著眼睛，好像摸著阿拉丁的飛行魔毯，這樣，飛呀飛呀，一下子就睡著了。」我一面講故事，一面傳授睡眠心法。沒想到，這個小小的習慣，跟隨了她一輩子。後來我在她床下，發現一個大紙盒，裡面裝滿了自製緞子手帕，一輩子都用不完。

而這一切，都要從母親入冬前的「棉被縫製大典」開始說起。

依照端午節前熱不是熱的慣例，我們家向來都是在看完划龍舟之後，才把棉被整理，正式收起，換上輕便透氣的毛巾被與涼蓆，度過炎炎夏日。

等到雙十節前後，涼風驟起，母親會選一個陽光普照的星期天早上，把棉被統統搬出來，一床一床仔細拆開，先看看裡面的棉絮，是否有打結成硬扁團塊的現象。如果有，就要渡過川端木橋，把棉絮送到田寮河對岸的彈棉花店，去重新彈鬆；如果鬆軟度還可以，便在院子裡，擺上幾張椅子，曬上一天，讓豔陽把棉絮曝射蓬鬆備用。

至於大被單與花被面，則分別放入兩個大鋁盆中，在院子裡一一洗滌曬乾。早年母親都是叫我幫忙，弟弟幫閒，後來換上妹妹幫閒，弟弟也加入洗曬的行列。

「叫你們幫忙，就是越幫越忙！」母親一面在大鋁盆裡洗被單，一面叫弟弟去關牆壁上的水龍頭，又叫他把套在水龍頭上的黃色橡皮水管，固定好，不要鬆脫了。說時遲那時快，弟弟手一扯，好不容易固定在水龍頭上的水管，嘩的一下，摔了下來，噴了弟弟一褲子水。

正在曬緞子被面的我，急忙趕來救援，用一條麻繩，繫住水管的脖子，然後暫時綁掛在水龍頭上，以便把水管仔細套上龍頭口，套好套緊，回過頭來，再把繩子用力紮緊。

「棉被縫製大典」中最有趣的環節是洗被單。如何把水淋淋洗好的被單，上漿、擰乾、晾曬，實在是一連串好玩的過程。到了這節骨眼，年紀個子都比弟弟妹妹大的我，便派上了用場。我與母親，先把洗好的被單，放在麵粉水中揉搓上漿，然後撈起，各自找到被單的一端，然後扯將起來，各自朝反方向開始扭轉，把水擠乾，再用近乎拔河的辦法，各自用力往後扯，把扭皺的被單扯平，再合力晾曬在竹竿上。

晾曬在竹竿上的被單。

上漿的被單，在秋陽的烘烤下，乾硬滑溜如塔夫綢，耐用又禁髒，散發出淡淡落日的芬芳。我們母子還要再從不同方向，把漿過曬乾的被單再扯兩次，這樣才能算得上是平整可用。

扯被單有個訣竅，就是慢放快扯，一抖一扯，讓布料碰碰有聲，十分有趣。這小小的享樂，還包括讓一旁觀戰的弟妹，只能垂涎欲滴，卻毫無能力插手。十歲以後，我跟母親扯被單時，漸漸可以扯個平手，等到十三歲上初中時，母親已經快扯不過我了，便換上小我四歲的弟弟來扯，或是我與弟弟對扯，這一下，只剩下妹妹一個人著急了。

扯整齊的被單，平鋪在大床上，中間放上蓬鬆的棉絮，棉絮上鋪好藍色、紅色或十錦的花綢被面，拿起特大號的粗針，母親將被單反摺到被面上，開始熟練的把被面、棉絮、被單縫合在一起，每縫四針，第五針一直穿透過最底層的被單，做U型回針固定。一床被子，左右長各三十幾針，上下寬各近二十針，毫不費力，頃刻而成。

我喜歡看母親熟練輕巧的縫製棉被，噗斯刷、噗斯刷，下針準確，推針有勁，拔針輕快，節奏分明，不但充滿了視覺聽覺的享受，同時也達到藝術上的完滿。

我喜歡靜靜欣賞，所有熟練工作的節奏與爽利。如彈棉花店裡，長弓強而有力的美妙綳綳聲；洗衣板上，洗衣婦搓揉拍甩的清脆叭嗒聲。還有菜場裡，豆腐西施的妙手，說時遲那時快，纖纖玉指從大豆腐板上，抄起四塊豆腐，咻的一聲，毫髮無損的扔入透明塑膠袋中，順手轉個圈，用圓形塑料繩為袋子封口，順勢滑到母親手中，空出的手正好收錢，另一隻手從腰袋裡一掏，剛好，掏出剛剛好的找零，一分不多，一毛不少。

可惜，這一切的一切，都被洗衣機、烘乾機、超市大賣場、宅配量販店所取代。自從全家搬入台北公寓後，「棉被縫製大典」被超市被套取代，傳統菜場被超市生鮮取代，院子裡的全家歡樂被電視綜藝取代。

無奈的妹妹，失去了飛天魔毯，只好到綢緞莊，去剪兩塊巧克力緞子替代，要想像從前一樣，倒頭一夢入黑甜，已是遙不可及的奢望了。

卷八

羅氏金翅秘夜飛蛾

虛實交錯高調炫富

妹妹非常喜歡整齊乾淨，她在台北及上海的住處，永遠都是井井有條，一塵不染，客廳、飯廳、廚房如此；臥房、浴室、衣櫥、鞋櫃，更是如此。不像我，書房如地震之後、畫室如颱風之後、客廳如水災之後，只有浴室，有如一場大雪之後。

愛整齊乾淨這一點，妹妹像爸爸，更像媽媽。

我從小就隨遇而安，缺這缺那，也沒有羨慕過誰，能夠自己動手製作的，就動手作，沒有自慚貧窮的感覺。這可能當時的鄰居與同學，境況都差不多有關，誰也沒有值得特別炫耀的東西，可以拿出來獻寶。唯一覺得幸運的是，媽媽主動為我訂了《學友》與《東方少年》月刊，可以招來好同學，到家裡一起閱讀享受。

後來家境漸漸改善，我也沒有比別人富裕的感覺。只是常看到有人在父親PHILLIPS 腳踏車前停了下來，指指點點，有點奇怪而已。

等到上了高一，父親決定給我買新單車時，我只圖方便，到附近腳踏車行，選了一輛亮晶晶的國產車，就心滿意足了。沒想到，第一天傍晚騎出去，沒過兩個鐘頭，便在補習班前一大堆破車之中，被偷走了。只好認命，繼續騎我那三手女用腳踏車。

我考上輔仁英文系後，父親一高興，把手腕上的新手錶，摘下來給我，說：「這個給你戴吧！」我依言戴了半年，被眼尖

羅霈穎的壁櫥鞋櫃五之一。

的女同學發現，「嗨！你戴勞力士（Rolex）耶！」我打聽出錶的價錢，嚇了一跳，趕快還給父親，繼續戴我的卡通錶去。直到近半個世紀後，父親過世，這塊錶，才又回到我手上。偶爾得空，想了起來，上網一查，發現此錶，依然價值不菲。

一九九二年七月九日，新台幣兌美元匯率升至二十四・五元的歷史新高，「台灣錢淹腳目」的口頭禪，成了事實：讓我這個窮畫家在敦化南路的三棟房子，一夜之間，價值全都超過了一百萬美金；讓從來不知經濟會大衰退的戰後一代，意氣風發，不可一世。而一般人的炫富心態，更是一發不可收拾，四處氾濫。

大家應該還記得，二十幾年前，喧鬧的台灣土豪，在世界各地，大肆採買名牌奢侈品，那招搖得瑟樣子，真真令人噴飯。像二十幾年前的日本土豪一樣，像二十幾年後的大陸土豪一樣。

一九九五年我出任滄海美術叢書主編，次年推出中央美院藝術史系主任薛永年的鉅著《橫看成嶺側成峰》（一九九六），並邀他到台北參加學術研討會，暫住在我的「小石園」中。當時他對台灣的文化環境、經濟發展、教授薪水，都讚不絕口，十分推崇。我回應說，在經濟、薪水方面，要趕上，很容易，十幾年後，說不定大陸就會超過台灣。「只有在文化想像力與創造力上，我們距離歐美，差得還遠，須要一起加油。」當時他認為這怎麼可能？以為我只是說客套安慰話罷了。

妹妹則抓住了此一時期的大眾心理，開始在電視談話節目裡，高調炫富（flaunt wealth）起來，內容虛實交錯，以戲劇性效果為主，誇張聳動又變形，滿足了一般人最基本的「淺碟文化自滿感」。

依照節目的策劃，她炫富的題材，十分狹窄，談來談去，不過珠寶、房地產、豪華房車與名牌奢侈品，無法也沒有必要擴及深入其他。原因是電視製作單位，面對追求娛樂的觀眾，只能接受這種最基本的淺碟文化八卦，沒有意願、沒有需要，也沒有能力在專業知識的追求上，有所突破。

有時，節目中偶爾加入一點骨董及鑑寶的內容，妹妹也以趣味性的器物為主，以金錢數目的高低，決定藝術品質的良莠，要言不繁，簡單明瞭。至於像書畫這樣複雜深奧的項目，專家太少，觀眾難尋，不提也罷。

中國自從推翻滿清王朝後，大量的王公貝勒貴族，貶入民間，大家對富豪之家的生活方式，已無從知悉，更無力模仿。國民政府遷台，二十年間，到處都是難民，物資萬分匱乏，一切以提倡「克難運動」為優先，新闢的街名叫克難街，國家籃球隊叫克難隊，從總統到庶民，生活只有克難程度上的差別，一切都距離奢侈甚遠。

我是七〇年代初，到美國留學後，才見識到有錢人的生活樣貌。大房子、大院子、網球場、室內室外游泳池，是必需的；各式轎車、跑車、卡車拖車，外加一排車庫，是必備的。接下來就是飼養名駒駿馬、駕駛豪華遊艇、飛行輕型飛機。這些，都不只是請專人照料，就可了事。

對馬匹的飼養與駕馭，沒有極大的熱情、豐富的知識，還有充裕的騎乘時間，是沒能力染指的。至於遊艇與飛機，那更需具備專業駕駛技術，進而精通複雜天候、海洋及大氣知識，二者缺一不可。

英國方面，有錢人還可以披上一層「貴族氣」外衣，住在掛有國家一級古蹟藍色圓牌的百年古堡中，擁有複雜的樹籬迷宮，靜看泰晤士河緩緩流經自家後院；或住入巨大的傳統農舍莊園，擁有一排二十間車庫，還有後院外一望無際的獵狐圍場。至於主人，興致來時，可以悠閒的駕著四輪馬車，到附近的火車站，去接專程從倫敦來訪的佳賓貴客。

到了六七月，一家人開著勞斯萊斯（ROLLS-ROYCE），先去伊頓公學，在草場樹蔭下，鋪好桌布酒具，安排座椅坐墊，有一搭沒一搭的，一面聊天，一面遠遠的，把板球比賽瞄將起來，順便瀏覽，在山嵐間的溫莎城堡，在四周圍的摩登仕女。過幾天，到皇家愛絲柯馬場（Royal Ascot races, 1711）看賽馬，到溫布敦（Wimbledon, 1877）看賽球，到韓壘（Henley Royal Regatta, 1838）看皇家帆船賽。

凡此種種，我都親身經歷過，而且有一次，在秘密花園中呆看泰晤士河夕陽倒影時，無意間，聆聽到夜鶯婉轉、清脆又悠長的絕唱。

我慢慢的對妹妹回憶訴說這一切，她不自覺的張開了嘴，靜靜聽著，十分神往的樣子，從此便對歐洲人，有了特別的好感。

父母親移居洛杉磯後，妹妹順勢把敦化南路的房子，過戶到自己名下，敦請名建築師兼室內設計師吳文忠先生，重新裝修，連客廳、飯廳為一體，內部家具，全採歐式，簡單大方，敞亮開闊，令人目為之爽，神因而清。

次年我移居同棟六樓，經營小石園，室內設計方面，從客廳、餐廳、廚房、和式書房，到通向頂樓的樓梯、溫室、畫室，全都由吳建築師包辦。但見他規劃空間，巧妙搭配，選擇建材，素雅簡潔，加上透天採光，滿屋綠意，吸引不少雜誌登門採訪報導。

應我的要求，屋內留有不少牆壁，作為掛畫或擺設藝術品的空間。我適當挑選添掛我的收藏及創作，兩者配合，可謂天衣無縫，相得益彰。沒想到，吳建築師看了，反過來，竟成了我的粉絲收藏家，三十年來，聯絡不斷。

妹妹有了屬於自己的寬闊生活空間，少了父母的督促與管束，生活型態漸漸有所改變。除了採購名牌家具、餐具、寢具，絕不手軟外，她開始雇用專屬花藝師，為家中各種家具、各個角落，設計造型鮮花，定期更換；雇用專屬梳頭造型師，為她裝扮……等等，最後形成了她個人特有的作息時間。我雖然與她同住一樓與六樓，共用一個電梯，但每月見面的次數，卻是寥寥可數。

父母親移居美國洛杉磯，入住雪溪山莊，房子坐落在半山斜坡上，背靠茂林，可以拾級上坡而遊，居高臨下，視野開闊無比。社區裡，除了有整潔的汽車道、人行道四處環繞外，還有用粗木欄杆圍起來的沙礫碎石（gravel）跑馬道，寬敞舒適，賞心悅目。妹妹不時從台北飛去度假，陪伴二老，同時還四處打聽，養馬所需的花費。

有一天，妹妹在院子裡的檸檬樹下，遊目四顧，看到一個年輕金髮女郎，騎著一匹栗色阿拉伯馬，在跑馬道上漫步。有一位仁兄，越過人行道，跨過木頭欄杆，走上前去，站在馬頭旁，與女騎士打招呼聊天。也許是站立的位置與距離都不對，冷不防，那匹高頭大馬，甩了一下頭，當場把那位男士打倒在地，動也不動，好像沒了呼吸。女郎大驚，只好緊急叫救護車送醫，才保住男士一條老命。

從此，妹妹打消了買馬、養馬、騎馬的念頭。

恩怨夾纏母女情深

俗話說「女兒是貼心小棉襖」，凸顯了女兒對父母比兒子要細心的優點。尤其是母女，如果能夠關係一直融洽到無話不談的地步，那簡直是天賜奇蹟，值得慶幸。

一般說來，母女之間，非常容易出現，由夾纏不清的相互模仿，帶來了下意識的競爭比較，進而形成緊張性的相互排斥。如果，其中再參雜入時代觀念甚至意識形態上的「代溝」，那任何生活小事上的歧見，都可能導致性格上的巨大衝突，尤其是母女在性格上，又極端相似之時。

王爾德說得好：「所有的女子都會越變越像媽媽，此乃女子之悲劇。沒有男子會越變越像爸爸，此乃男子之悲劇。」（"All women become like their mothers. That is their tragedy. No man does, and that is his."《不可兒戲》*The Importance of Being Earnest*）女兒一生，往往從一心一意模仿媽媽開始，到三番兩次想要擺脫媽媽為止，花費的心力，有如逆水行舟，既無法完全接近，更無法徹底遠離，最後總落得，相貌越來越相近，精神越來越隔離。

自上初中起，妹妹與媽媽的衝突，以彈鋼琴為導火線，揭開序幕。首戰的結果是，媽媽以升學為重，無奈妥協了。此後關於髮型、衣裙、鞋襪、情書、逃學、男友……等等，各種小遭遇戰，層出不窮，互有勝負。不過，這些全是皮毛之爭，都好解決。

從最粗淺的角度來看，母親節儉成習，雖遭父親百般「寵愛」，總是買最好的衣物布料用品，供她穿戴使用，如貂皮大衣、名牌首飾等，但她總是在百般拒絕之後，無奈珍惜收藏，不輕易展示亮相。妹妹經濟寬裕時，買了數不清的名牌皮包。母親一個都不要，只用她從菜場買來的那款小黑皮包，出席各種場合，雍容自在，毫無怯意。

有一件我小時候記得最清楚的事，那就是每到假日，父親常喜歡帶全家，從基隆到台北遊玩一天，順便上上好館子，打打牙祭。有好幾次，母親進入餐廳，看了菜單價目，臉色丕變，屁股還未坐穩，便拉起我們兄弟，快速往外走，完全不顧在後追趕勸說的父親。

母親對自己刻苦，對他人則大方無比，每次我大大睜著捨不得的大眼睛，看她把家中好吃好玩的，毫無保留，拿出去分贈親友鄰居，心中難免十分不是滋味。總覺得，人家不見得如此對我們，我們為什麼老是要這樣對人家。妹妹則不然，她在待人接物上，完全是母親的翻版。

只有在婚姻嫁娶上，兩人都亮出最後底線，退無可退，讓無可讓，成了兩個世代齟齬，兩個時代、兩套意識形態的火爆戰爭。

父親在世時，在母女衝突之際，尚能充當安全瓣膜，化各種大小歧見為玉帛錦繡，維持住闔家安樂的場面。父親過世後，由母親單獨一人，堅守她老人家的畢生信念與價值，我與弟弟，無法也不忍心徹底表態，只好把希望寄託在時間上，幻想年歲或可化解一切。

然而，在二十一世紀，時間經過科技的攪拌機，帶來的只有更多更廣更快速的變化，把人與人之間的交流，推入了自動資訊洗滌機的旋渦，在隨時可以無限通話、赤裸視訊的親密中，反而變得更加絕緣，更加疏離。

妹妹初戀過後的愛情觀，與美國有「毒舌才女」（caustic wit）之稱的女詩人桃樂喜・帕可兒（Dorothy Parker, 1893-1967）十分類似。一九二〇年代，帕可兒以尖酸辛辣的俏皮話（wisecracker）從紐約雜誌如《浮華世界》（*Vanity Fair*）與《紐約客》起家，擅長以一行警句，轟動全美。例如沉默寡言、面無表情的美國第三十任總統苦勵志（Calvin Coolidge）過世，各界紛紛發表詩文弔唁，內容老套，無人在意；帕可兒只輕描淡寫，拋出一句：「他們怎麼可能看得出來？」（How could they tell?）便弄得萬口爭傳，直到如今。

帕可兒的詩風，被主流現代詩壇貶為「輕浮詩」（flapper verse），但卻成了一九二〇年代「飛來波」（flapper）新潮女的代表，其特色為：大膽張揚、叛逆開放、濃妝招搖、奇裝華服、出語不遜、驚世駭俗。

一般說來，女詩人在五官身材的相互協調上，容易遭遇嚴峻挑戰，如艾米．羅威爾（Amy Lowell, 1874-1925）那樣。可是，娃娃臉的帕可兒，長得清純甜美，十分可人，活躍於紐約與好萊塢之間。她結婚離婚再結婚又離婚再復婚，情史複雜又接連不斷，令人為之瞠目，而筆下則不時寫出情愛箴言，一經刊布，必定引人側目，膾炙人口。

帕可兒說：「我要的男人有三要：一要英俊，二要耍酷，三要憨厚。」（I require three things in a man: he must be handsome, ruthless, and stupid.）到了妹妹這裡，一定還會加上一條：「四要貼心」（congenial）。

「男人來，她真歡喜；男人走，她絕不怨。」（She was pleased to have him come and never sorry to see him go.）這是帕可兒的信條，也是妹妹一貫的戀愛態度，絕對不屑鬧什麼花邊新聞。

「如今，我瞭我所知，我行我所素；你若不以為然，親愛的，見你的大頭鬼去吧。」（Now I know the things I know, and I do the things I do; and if you do not like me so, to hell, my love, with you!）帕可兒蔑視一切舊有男女習套成規，徹

底張揚自己的個性嗜好，這也是妹妹一輩子的堅持。

妹妹可以說是一個遲到了半個世紀的「飛來波新潮女」，與帕可兒最大的不同是，一個終身結交大小男友沒有結婚，一個終身冠用首任夫姓Parker而不改。說來說去，任她天大的本事，還是脫離不了「時代如來佛」的手掌心。

一九二〇年美國女權運動到達第一波高潮——通過憲法第十九修正案，開始保障婦女選舉權。帕可兒雖然有幸活躍在如此相對寬鬆的社會環境當中，但卻仍逃不過，要冠夫姓才能立足職場的桎梏。

妹妹則幸運的目送「人言可畏」的棺木，寸寸入土，在眾聲喧譁之中，越來越可以放言無忌，任性而行。但卻也逃不過，熱鬧互聯網世界所帶來巨大無比、無所不在的孤寂。

遲到的飛來波新潮女。

而妹妹這種孤寂，只有在與媽媽的對抗中，可以得到激發生命力的化解。西諺云：「激怒你的人，也就是掌控你的人。」（Whoever angers you controls you.）真是一點不錯。明明知道，她的愛情觀與媽媽鑿枘不合，但又偏要帶新的男友，回家與媽媽相見，結果可想而知。

然而，母女二人爭取相互認同之心，永不停息，正如元代「詞林豪傑」所言：「恩愛人兒，歡喜冤家。」（童童學士：〈新水令．折桂令〉）

羅氏金翅秘夜飛蛾

八月三日深夜，我接獲警局通知，前去辨認妹妹的遺體，與發現並報警的妹妹友人，一起在分局漏夜接受初步偵訊，釐清事情發生的經過。凌晨，我回桃園，準備明天一早會同檢察官正式相驗，大體由表弟與表弟媳，護送入台北市第二殯儀館冰存。次日，法醫斷為用藥不慎，造成猝逝，諭令家屬擇日安葬。

以後三天，我與妹妹的閨密，共推定代表，組成治喪委員會，討論安排善後及出殯事宜。經過一番商議，決定委託禮儀公司，於民權東路市立第二殯儀館對面，籌設靈堂，方便妹妹生前各界至親好友，前來弔念致哀，並在農曆七月中元節前，擇日火化奉安。

靈堂的場地不大，但卻布置得簡單素雅而溫馨，主牆上是妹妹穿著純白禮服的半身美照，長髮微揚的她，雙手輕拈裙角，正待仰首旋身之際，雙眼有意無意，對塵世拋下最後流盼的一瞥。令人想起葉慈（W.B.Yeats 1865-1939）刻在自己墓碑上的名言：

Cast a cold eye　冷眼一瞥
On life, on death　了生死
Horseman, pass by!　騎士策馬揚長而去！

照片前，有一方長高桌，正中間，放置妹妹的「魂帛」，一方原木素製台座上，豎立一

片劍型綾布裱裝紙板，上書「故羅霈穎之魂帛」。兩側有紙紮的金童玉女面對一炷香為伴，白瓷香爐前，有透明玻璃盆一盅，擺滿橙紅黃綠的水果。湖南鄉長宋楚瑜送的「寶婺星沉」大盆花，就放在「魂帛」左下方最顯眼的位置。高桌兩旁，放滿白菊花與白蝴蝶蘭，中間點綴淺淡粉紅玫瑰，配合整牆的粉紅背景，素雅溫馨之感，瀰漫整個靈堂。

靈堂門外有長桌一條，妹妹生前的好友與粉絲，紛紛前來幫忙摺疊金紙蓮花，黃色的紙面上印有八朵蓮花及紅色的「極樂世界：普願災障悉消除，九轉蓮花收圓合。」字句吉祥，安頓痛者，撫慰哀者。

不久，方型法事佛案，在妹妹「魂帛」前安排妥當，上置紅色立牌，用泥金書寫「奉請南無十殿明王菩薩蓮座」，座旁放著銅磬、招魂鈴、柳音、木魚，還有剛才進門時，法師問我要的兩枚十元硬幣，現在已插在透明壓克利台座上，有一枚上貼粉紅圓點，做為錢幣正反面標記。

法師穿戴整齊，手執帶葉竹枝，上繫白色招魂幡，進入靈堂，念經作法。這招魂幡大約是從二千一百年前西漢馬王堆軑侯夫人辛追的丁字型「非衣」，演化而來。當初，葬禮前，由家人執代表逝者衣物的「非衣」，登屋之頂，呼亡者之名，招喚魂靈歸來。

原本彩繪華麗的非衣，如今已簡化成長四尺寬七吋的長布條，上繪簡單的佛家咒語及吉祥紋樣圖案：幡條上，右左各印好「金童前引西方路，玉女後隨極樂天。」「左三魂安然，右七魄自在。」七言五言聯語，正中間則印上「奉佛勅令」咒語，其下有「神旛乙首攝／招」，「正魂來赴領沾經咒往生淨土」等字樣。由法師在「神」、「正」之間，用墨筆填上妹妹名諱，並在「正魂來赴」兩側，書寫生卒年月日。最後，於卒年之下，依傳統農曆算法，註明「享陽壽六十一歲」。

一般報紙，為了保持妹妹青春永駐的形像，認為八月二日距離妹妹六十歲生日還有十天，應該算五十九歲。《莊子．雜篇．盜跖》云：「人，上壽百歲，中壽八十，下壽六十。」故古人六十歲才「作壽」，而且還有「男逢女滿」之說，也就是男子滿五十九歲、女子滿六十歲，才能過六十大壽的習俗。農業社會講究壽考，後現代社會要求年輕，壽數算法，有天淵之別。

法師作完法後，由二位帶髮女士組成助念團，為往生者誦《大悲咒》、《阿彌陀經》約一小時，我則與妹妹好友閨密……等，靜靜陪同一旁助念，默誦經文一過。

九十五歲的老母，哀痛逾恆，已無心力到場聆聽。她靜靜用三天的時間，選出了一張妹妹的相片，以備家祭公祭時之用。

弟弟二月在桃園過完年後，急返洛杉磯處理手頭的貿易訂單，同時準備更新即將過期的護照。不料此時，加州新冠疫情大爆發，州政府幾乎停擺。妹妹噩耗傳來時，他的護照與其他六百萬份護照一起，靜靜列隊待審，發照無期，根本無法趕來奔喪。而我原先安排在紐約 White Box 畫廊的特展（六月十二日至八月十二日），早因疫情關係，改為網路 Zoom 視訊開幕，至於數場研討會議，也全改在空中舉辦，遂能夠留在台北，全程處理妹妹喪葬事宜。

接下來法師再度上場，一番儀式過後，請我面對妹妹「魂帛」，以剛才的十元硬幣，代替「擲筊」，請示到市立第二殯儀館的引魂時機。我連擲三次，都無聖筊，眾人緊張的在一旁合十加倍乞求，終於在第四次擲出聖筊。大家終於鬆了一口氣，相互連連點頭，認為這表示妹妹走得太出乎意外、太不甘心了。

隨著法師的引導，我捧著妹妹由金童玉女守護的「魂帛」，在黃昏時分，跟在招魂幡後，來到殯儀館地下室，進入供奉地藏王菩薩的小佛堂，大批的攝影及電視記者，早已從民權東路轉到此處守候。

法師把招魂幡放在牆角，把我手中的「魂帛」和金童玉女，放在地藏王座前，帶領我行過祭拜儀式，再度把硬幣交到我手上，以擲筊方式，請示移靈的時機。

這一次，居然連擲四次，都無聖筊，我詫異的雙掌平托硬幣，在不停的閃光燈中，停止了動作。就在此時，看到一隻飛蛾，經過招魂幡，停在距離地藏王左上方的白牆上，我口中隨法師念道：「霈穎魂兮歸來，護佑我們全家平安！」不自覺的，又加了一句：「記得媽媽對妳的好。」接著，平舉齊胸的雙手，第五次向上拋起，叮噹兩聲，出現了聖筊。

法師從容彎腰拾起兩枚硬幣，起身繼續行禮。我一面跟著行禮，一面目不轉睛，盯著那隻飛蛾，覺得其形狀介乎「金翅秘夜蛾」與「羅氏秘夜蛾」之間，而顏色較深。

我之所以對飛蛾有興趣，是因為數月前在拍賣會上，得緣購藏嶺南派大師居巢（一八一一——一八六五）的絹本設色《蛾眉凌霄日日高》立軸。今夕庵主在橘紅的凌霄花叢間，點綴了一對振翅分飛的飛蛾，十分醒目吸睛。我調查了一下，畫家所繪的飛蛾，應該是夜蛾科的「羅氏秘夜蛾」或「芙髯金翅秘夜蛾」。

法師行禮完畢，把放在地藏王菩薩座前的「魂帛」和金童玉女，轉交到我手上，然後大動作回身，取回靠在牆角的招魂幡，開始引魂之旅，準備回到民權東路的靈堂。如此一連串騷動，並未驚擾到靜靜停在牆上的飛蛾。

居巢（1811-1865）絹本設色《蛾眉凌霄日日高》（局部）。

我捧著「魂帛」和金童玉女，在此起彼落卡刹卡刹的閃光燈中，離開了地藏王佛堂，在邁步出門的刹那，我回首朝牆上的飛蛾，看了最後一眼。腦中回憶起小時候，常常聽到父親用湖南腔呼喚母親：「金鵝！金鵝！」

「什麼『雞窩，雞窩』的，叫得真難聽！」以一口標準京片子聞名的母親，笑得前仰後合。她娘家姓「白」，單名一個「濤」字，小名「金娥」。結婚後，沒冠夫姓。

「要這樣，是『金娥，金——娥』，嫦『娥』的『娥』！」母親字正腔圓的糾正著。

後記：事後，我上網查閱，各家媒體發布有關移靈的現場照片，有許多張，都捕捉到地藏王菩薩身旁牆上，有黑色一點，那隻小飛蛾。讓人忽然憶起李商隱的詩句：「嫦娥應悔偷靈藥，碧海青天夜夜心。」

後記

不完滿的完成

寧捨完滿奢求完成

有人畢生追求完滿而不可得，有人一心只求完成；為求轟轟烈烈的完成，不惜把人生搞得支離破碎。

胸無大志，庸碌一生的人，往往能在歷盡波折辛酸後，獲得世上難得三代同堂的完滿，熱鬧一陣，或哭鬧一場，然後徹底被人遺忘。

不顧完滿與否，有人全力只求暢快完成，其過程高調也好，低調也罷，最後終成紅樓一夢，永遠惹人疑猜、低迴、沉思。

妹妹五、六歲時，我正值準備考大學的年紀，心想，等她再長大一點，打扮成弟弟的樣子，手拿自製大彈弓，反戴紅色棒球帽，可以在暑假的時候，隨我去爬山、游泳，學一些十歲小男孩必學的花樣。

因為十歲是讓我懷念不已的迷人歲月，是童年煙花最燦爛的剎那，照亮我，站在世界的頂峰，在獵獵涼風中，頭額似乎可以輕觸月亮星辰的冷光，眼睛似乎可以看穿古往今來的霞光，咬著嘴唇，皺起眉頭，好像已經似懂非懂，盡得中外所有大英雄的蓋世奧秘。那時的宇宙，是何等的透明、溫暖又可親！

我要細心教給她如何「借用」媽媽的廚房菜刀，劈竹子，做各種大小玩具，探索蠻荒；如何「挪用」爸爸的園藝剪刀，剪鋁罐，做木板螺旋快艇，周遊世界；還有坐在和平島或八斗子的海邊，來一個漁火星空摸黑垂釣、扯一線海風夜空白羽風箏……踏平波浪，遨遊天際。

可惜！可惜，這一切都只暫時停留在美好的水晶玻璃想像中，一下子就被快速變遷的時代攪拌機，攪得粉碎，在各種新潮娛樂電玩前，碎了一地若有似無的亮晶晶，一陣明滅閃爍的虛幻。

多年後的今天，我才意識到，我與妹妹共同經歷過的時代：二次世界大戰後六十年，是人類歷史上，各種精神價值與物質科技，變化最快速的時代；而我們自己，也是開始經驗快速社經文化變動的一代，值得我為文詳記。

燕燕于飛差池其羽

兄弟兄妹之情，本屬五倫之一，況且中華民族人文始祖伏羲、女媧，相傳本為兄妹，或分任天皇、地皇，或合而為人皇，他們結網畫卦、補天摶人，神通廣大，垂教萬世。歷代詞章，歌詠兄友弟恭者眾，照理說，筆下一轉，詳述兄妹之情者，也該不少。然遍讀典籍，回憶描寫兄妹姊弟之情的詩文，卻不多見。

《詩經．國風》中的〈鄘風．泉水〉、〈衛風．竹竿〉、〈鄘風．蝃蝀〉，都提到「女子有行，遠父母兄弟」，訴說女子遠嫁，心懷父母兄弟之思，其中以〈邶風·燕燕〉一詩，最有可能是從兄長的觀點，泣涕不捨，送妹遠嫁之作：

燕燕于飛，差池其羽。
之子于歸，遠送於野。
瞻望弗及，泣涕如雨。

燕燕于飛，頡之頏之。
之子于歸，遠於將之。
瞻望弗及，佇立以泣。

燕燕于飛，下上其音。
之子于歸，遠送於南。
瞻望弗及，實勞我心。

全詩以「燕燕于飛」比喻兄妹由並羽翱翔，頡頏左右，至「下上其音」聲聲道別，一唱三嘆，依依離情，愈轉愈濃。阿兄由「差池其羽」，到步趨相送的「泣涕如雨」；由「頡之頏之」，到不得不停步瞻望的「佇立以泣」；由獨立瞻望不見人影，到「實勞我心」的牽掛，時空層次分明，感情隨之深入，確是歌謠本色。

從哥哥的觀點看來，只要妹妹一結婚生子，兄妹情緣便臻至最高完成，而永遠無法走向完滿。雖說是「娘親舅大」，但終究姓氏不同，隔了一層。《紅樓夢》中賈政這個舅舅，再怎麼疼林黛玉，最後還是任由她病入膏肓，香消玉殞，無可奈何。

此後，最有名的兄妹，要屬寫〈三都賦〉而「洛陽紙貴」的西晉大家左思（二五〇—三〇五）與左棻，可惜二人並無酬答文字流傳。一百五十年後，南朝宋詩人鮑明遠（四〇七—四六六）、鮑令暉兄妹，踵而繼之，成為當時有名的兄妹檔詩人。鮑照曾上表自謙云：「臣妹才自亞于左棻，臣才不及左思。」然而，明遠、令暉，常有彼此交流的詩作文章，似乎有意與「思、棻」爭勝。

宋文帝永嘉十六年（四三九），三十三歲的鮑照，從建康西行趕赴江州新任所，至大雷岸，寫下有名的〈登大雷岸與妹書〉，其中有句云：「若潨洞所積，溪壑所射，鼓怒之所豗擊，湧澓之所宕滌，則上窮荻浦，下至狶洲；南薄鷰派，北極雷澱，削長埤短，可數百里。其中騰波觸天，高浪灌日，吞吐百川，寫洩萬壑。輕煙不流，華鼎振涾。弱草朱靡，洪漣隴蹙。散渙長驚，電透箭疾。穹溘崩聚，坻飛嶺復。回沫冠山，奔濤空谷。碪石為之摧碎，碕岸為之虀落。仰視大火，俯聽波聲，愁魄脅息，心驚慓矣！」在妹妹眼前，大顯身手的哥哥，真可謂賦筆壯麗絕美，節奏轉折驚奇，聲色交響，奪人心神，不愧為山水遊記的典範之作。

鍾嶸《詩品》評點云：「令暉歌詩，往往嶄絕清巧。《擬古》尤勝。」證之於她〈擬青青河畔草〉中的警句如：

明志逸秋霜，玉顏掩春紅。

人生誰不別，恨君早從戎。

嗚弦慚夜月，紺黛羞春風。

算是中肯恰當。這幾句詩，清思婉約，動詞出奇；「逸」、「掩」二字，從容含蓄；「漸」、「羞」二字，轉折自然；節奏不疾不徐，娓娓道來，有不盡之餘味，求之當時詩人，可謂難能。

明遠兄妹能有如此知性交流，而且留下紀錄，歷代少見。這使我想起英國浪漫派大詩人威廉·華次華茲（William Wordsworth, 1770-1850）與小他一歲的妹妹陶樂睎（Dorothy Wordsworth, 1771-1855）之間的複雜情緣。桃樂睎終身未嫁，一生守在哥哥身旁，連威廉三十二歲結婚度蜜月時，她都從頭到尾，跟著一起參加，最後還為哥哥送終。二人生前詩文日記酬答之豐，也是世界少有。

詩人的太太馬莉·賀金森（Mary Hutchinson, 1770-1859），雖然與他們兄妹是總角之交，但是文采卻遠遠遜之，一生雖無特殊的完成，卻也為詩人生了五個子女。她的強項是長壽，活了八十九歲，熬得功德圓滿，方才在兄妹墳墓身邊，安息。

只求快意虛構何妨

左、鮑之後，最有名最引人津津樂道的詩人兄妹，當推蘇東坡與聰明絕頂調皮促狹的蘇小妹。雖則，掃興的是，歷史上並無蘇小妹其人，只有蘇八娘，蘇東坡十八歲出閣，次年即病世的姊姊。此事見坡母〈蘇主簿夫人墓志銘〉，當是信史。

不過，在文學掌故中，大姊怎能與小妹相比，只有小妹妹，才能塑造出古靈精怪、淘氣可愛的刁鑽形象，討得只求痛快，無意考證的讀者歡心。

蘇小妹，此一由歷代東坡粉絲所虛構出來的文學才女，最早可能來源自南宋書坊所售《東坡居士佛印禪師語錄問答》中的一句無根八卦：「東坡之妹，少游之妻也。」同時代的《東坡禪喜集》則將之加油添醋成：「東坡之妹聰慧過人，博學強記，尤工為文。有欲以秦少游議親者，妹索其所業視之曰：『秦之文粗足以敵吾子由之才。』遂得諧伉儷。後東坡在翰林日，妹往省之，約奉來歸。適佛印以長歌寄坡，有勉其退休之意。坡讀之猶少凝思。妹從旁過見之，一覽了然。歎曰：『使汝作男子，名位必在我上。』」（〈佛印問答語錄第九〉）

諸如此類謠傳掌故，到了馮夢龍（一五七四—一六四六）《醒世恆言》中的〈蘇小妹三難新郎〉，已然成為家喻戶曉的民間傳說了。蘇小妹的機智可愛，不僅表現在擇婿上，也呈現在參禪上，她與東坡佛印的故事，反映出她悟性直超乃兄。天下樓得緣庋藏海派鼻祖改琦（一七七三—一八二八）的絹本設色傑作《會文圖》（一七九二），就是此一傳說的圖解。

此畫繪於乾隆五十七年，是改琦年甫踰冠二十歲，初出道時在京師春明館的手筆，經營出東坡兄妹與秦觀、佛印，齊聚一堂的理想景象，筆墨精妙出塵，

改琦（1773-1828）於二十歲（1792）所繪之《會文圖》（左上、下為局部放大）。

人物眉眼生動，意境情調，清雅絕倫。畫上鈐一小篆閒章云：「學然後知不足」，充分表現了年少的他，以謙退為進取的意氣風發。

改七薌是中國畫史上唯一被認為是「天授」的繪畫奇才。蔣寶齡（一七八一—一八四〇）在他的名著《墨林今話》中，史無前例的推崇道：「玉壺外史改琦……幼通敏，詩畫皆天授。滄州李味莊先生備兵滬上，平遠山房壇坫之盛，海內所推。七薌時甫踰冠，受知最深。既而聲譽日起，東南佳麗地，恆扁舟往返其間。賢士大夫，嫻雅好古者，莫不推襟攬袂，爭訂交焉。」

引東坡故事入畫，以「赤壁夜遊」最早最夥，從南宋開始，手卷、冊頁、團扇，多有描繪，一直到明代，甚至還進入器物、巧雕之中。江南才子兼大孝子魏學洢（一五九六—一六二五）的〈核舟記〉，詳述虞山王叔遠於天啟二年（一六二二）毫芒雕刻東坡赤壁泛舟，船中要角有三：「船頭坐三人，中峨冠而多髯者為東坡，佛印居右，魯直居左。蘇、黃共閱一手卷。東坡右手執卷端，左手撫魯直背。魯直左手執卷末，右手指卷，如有所語。東坡現右足，魯直現左足，各微側，其兩膝相比者，各隱卷底衣褶中。佛印絕類彌勒，袒胸露乳，矯首昂視，神情與蘇、黃不屬。臥右膝，詘右臂支船，而豎其左膝，左臂掛念珠倚之——珠可歷歷數也。」總結了五百年來，東坡赤壁人物畫的精華要點。

到了乾隆時代，受《聊齋》與《紅樓夢》重視才女的影響，東坡與小妹的故事，開始進入繪畫。改七薌的《會文圖》可能是目前存世最早的一件名家之作，其中的人物，幻化成兩組，一組是佛印手持書卷與身後的東坡笑語心得；秦觀手執畫卷，回首接受小妹纖手指點，是另一組；而兩組人物，又正在準備互動，醞釀出即將發生的高潮，戲劇感十足，值得細賞。

東坡兄妹相互戲謔的故事，多從二人的長相開始。元．林坤《誠齋雜誌》卷下，記蘇軾取笑小妹額頭高，眼窩深，用「蓮步未離香閣下，梅妝先露畫屏前。」後來被改成了一首打油詩云：

未出堂前三五步，額頭先到畫堂前。
幾回拭淚深難到，留得汪汪兩道泉。

面貌有點像西方人的小妹，立刻回笑東坡的大鬍子是「欲扣齒牙無覓處，忽聞毛裡有傳聲」。又嘲他臉盤大而無當，成打油詩一首云：

天平地闊路三千，遙望雙眉雲漢間。
去年一滴相思淚，至今流不到腮邊。

尤有甚者，小妹還嫌哥哥悟性不高，不時趁機加以點化，以便「露才揚己」。有一回，東坡、佛印相約林中打坐。佛印曰：「觀君坐姿，似佛祖一尊。」東坡見佛印袈裟臃腫拖地，心存戲謔，隨口應道：「大師坐姿，像牛糞一坨。」語罷以為占了先機，而佛印笑不回嘴。蘇小妹聞之，揚眉曉喻道：「心中有佛，萬物皆佛，所以看你像佛。」立判二人高下。

編這些故事的人，境界有限，雖然不惜唐突坡公智力，卻也未能盡顯現小妹真才。反倒是下面兩則純為諧音雙關的戲語，可於滑稽中見禪機。

其一為：蘇軾佛印船遊瘦西湖，佛印袖出東坡詩詞摺扇一把，扔入河水，喝道：「水流東坡詩（屍）！」微微一愣，蘇軾立即回首笑指河岸啃骨之狗，吟道：「狗啃河上（和尚）骨！」

其二為：蘇軾訪佛印，小沙彌應門。蘇軾戲問：「禿驢何在？」小沙彌遙指遠方，答云：「東坡吃草！」

這種機鋒相對，比那有名的「八風吹不動，一屁打過江」笑話，編得高明些，多少可以彰顯坡公本色。話又說回來了，如果從女性主義的角度看去，元明人虛構小妹捷才，壓倒鬚眉，多少也成為日後清人《聊齋》、《紅樓》的張本。

一念之差煮鶴焚琴

不過，若論文章流露兄妹真情，那還要推袁子才（一七一六—一七九八）〈祭妹文〉為首選。袁枚從小與三妹袁機（一七二〇—一七五九）要好，機才情煥發，有「不櫛進士之目」，可惜婚姻不順，雖然早知所適非人，然仍堅持禮教大節，硬要錯嫁惡夫，最後以離婚收場，寄居隨園之內，年方四十，便抑鬱病逝。比她大四歲的哥哥，當時年紀不過四十許，回憶髫婗往事，諸如讀書遊戲、離別重逢，種種動人細節，寫入祭文，突破傳統傷逝窠臼，顯得特別清新感人，不愧為性靈派的代表。

袁枚在哀弔妹妹不幸時，慨嘆道：「嗚呼！使汝不識詩書，或未必艱貞若是！」此後的論者，多半因襲子才之說，對吃人封建禮教，大加撻伐。不過，如我們細審袁機婚姻悲劇的成因，便可發現，袁枚雖然心疼妹妹，視為知己，但卻不能算得上是妹妹的知心。

袁機字素文，自幼容貌出眾，「最是風華質，還兼窈窕姿」，袁家眾姊妹裡，推她「端麗為女兄弟冠」。她「幼好讀書」，針線常旁書卷，喜歡作詩，出口成誦。未滿周歲時，其父義助亡友衡陽縣令高清妻兒，並為其生前庫虧冤案平反。高清胞弟高八，為表感激，聲言日後得男，當與素文婚配，以報大恩。

不日高家得子繹祖，即以金鎖為聘，定此指腹之約。光陰荏苒，時屆女家及笄之年，男方卻避不提親，一拖七八載，直至素文二十三歲，高八突然來書，謂繹祖有病，不宜娶婦，望婚約解除。素文癡抱「一聞婚早定，萬死誓相隨」之志，手持金鎖，泣涕不止，絕粒終日。不久高八病故，高清之子繼祖，特來說明原委，謂繹祖「有禽獸行」，屢教不改，恐以怨報德，故託病解約。素文琴棋書畫，樣樣精通，有才女之稱，脾性溫柔，待人賢淑有禮，得淑女之名，子才說她因「一念之貞」，不畏日後痛苦，堅持遠嫁，鄉人聞訊，咸譽為「貞婦」。

二十五歲才貌雙全的素文，嫁入如皋高家，不嫌繹祖短矮貌寢，駝背斜眼，品行俱劣；一心嫁雞隨雞，孝敬高堂，深得婆婆疼愛。

繹祖性情暴戾，行為輕佻，吃喝嫖賭，肆無忌憚。尤忌家中有書冊針線，見卷帙輒怒，得詩稿即燒，睹刺繡便毀。為了嫖妓，耗盡家財後又逼索嫁妝，動輒拳腳相向，香燭燒灼，婆婆來救，一起痛毆，打落牙齒，毫不顧惜。受此虐待，素文百般忍受，依舊恪守婦道，委曲求全。以致繹祖聚賭大輸，竟欲鬻妻抵債。

素文無路可走，避難尼庵，倩人至娘家求援。袁父接信，肝腸欲摧，當下趕到如皋告官，得判離異，火速將女兒及孫女阿印，接回杭州，距當年出閣之日，不過四載，素文時年二十有九。

避居娘家後，素文侍奉父母兄長之餘，難忘如皋婆母，不時寄贈衣食慰問。

三年後，袁枚南京隨園營葺告成，素文隨全家遷入，雖然能終日讀書作詩，但卻鬱悶有如身處廣寒，故爾病拒求醫，藥石不進，終於在繹祖亡故一年後逝世，得年四十。身後有《素文女子遺稿》一卷傳世。

後世論者多認為袁機受封建禮教荼毒太深，以致不能在一切法理、道德與習俗條件，都絕對有利於女方退婚時，審時度勢，自求多福。然從另一個角度看，素文之所以一意孤行，當有其內在「過度自信」（hubris）的動機。而 hubris 正是希臘悲劇主角的致命弱點。

袁枚十二歲中秀才，被鄉里目為神童，二十三歲中舉，次年聯捷進士第二甲第五名，選翰林院庶吉士，年方廿四。大學士史貽直讀枚文，驚其辭采豐美，筆法凌厲，脫口讚之為「當世之賈誼」。時年二十的素文，目睹從小一起讀書作詩遊戲的哥哥，有如此傲世表現，當興見賢思齊，不讓鬚眉之想。

然能讓素文盡情表現她「美女、淑女、才女」的途徑，只有眼前婚姻這道窄門。而這樁雙方家長都不看好的婚姻，正因其不完滿，反而是素文人格自我實現、才藝自我完成的大好良機，值得冒險孤注一擲。如果她能憑出眾的才德與美貌，啟頑愚暴戾、誨蕩子孽障，化夫家絕望為希望，轉世人不可能為可能，甚至，變個人的不完滿為完滿。到那時，她必能側身《列女傳》，垂範百代，成為顯家興國的仁智貞婦，與哥哥一起，名留青史。

無奈，她萬萬沒有料到，夫婿繹祖，從小因面貌形體的扭曲，導致心靈人格的變態，早已成為反傳統反社會的暴力邊緣人。她引以為傲的「美女、淑女、才女」等諸多美德與才華，完全慘遭封殺，毫無用武之地。最後，素文自我完成的對象，僅剩下她的守寡婆婆一人。

離婚後，她寄居在哥哥女弟眾多熱鬧來往的隨園，實在比獨居廣寒冷宮還要寂寞淒涼，性靈日益委頓，才思隨之枯竭，一旦前夫過世，最後那點自我完成的希望，頓時徹底消滅。此生已經支離破碎如此，詩文也難將之補充完滿，她只好消極的，親手了結自己種下的千古遺恨。

歷來所謂「才女」，只不過是一般人對女性略有文采或口才便給的恭維。若落實到實際的事業能力或詩文成就，那百分之九十九點九的「才女」都無法企及李清照的高度，只不過是曇花一現的「考試第一」而已。我們以袁機為例，從她的遺作看來，她連基本家傳的「性靈說」都沒有摸到門徑，又遑論其他。

真難破幻幻反勝真

清代是個盛產才女的時代，尤其是在乾嘉兩朝。乾隆初期，名滿天下性靈詩派領袖袁枚（一七一六—一七九八）與他的女弟子們，是大家口傳耳聞，真反似幻的例子。而一生蹭蹬潦倒的曹雪芹（一七一五—一七六三）與他《紅樓夢》「海棠詩社」中的「金陵十二釵」們，卻成了家喻戶曉有血有肉的虛構人物。

乾隆五十七年壬子（一七九二），由寫真名家尤詔畫像、山水名家汪恭補景，合作《隨園湖樓請業圖卷》，耗費近三年時間，精工設色描繪，詳實記錄袁枚於西湖寶石山莊與眾女弟子的雅集盛況，讓兩百年後的我們，能一睹隨園女棣的芳容。卷後有袁枚八十一歲（嘉慶元年一七九六）時的恭楷題跋，詳述十七位有詩集行世女弟子的姓名家世，真人、真容、真事，可謂圖文並茂，紀實報導。對後世讀畫者來說，彼日園中情境之優雅雋永，似乎可以設身感受如真，機會千載難逢；然披圖依依閱罷，驚覺當時情調之細微複雜，實在曲折難以捉摸體會，又令人惘然若幻。

這次雅集，三妹袁機已逝世三十三年，當然無緣參加。層層松蔭之下，白鬚冉冉的袁枚椽筆在尾跋中云：「侍老人側而攜其兒者，吾家侄婦戴蘭英也。兒名恩官。諸人各有詩集，現付梓人。」

不過，遠道而來，有緣參加盛會的十三位幸運兒，卻有兩位，能夠及時化為畫中人物，卻不及看到畫卷裝裱完成。

尤詔、汪恭作《隨園湖樓請業圖卷》局部一。

鐫有「花裡神仙」朱文閒章的小倉山房主人，淒然在圖畫卷尾補記道：「乙卯（一七九五）春，余再到湖樓重修詩會，不料徐、金二女都已仙去，為悽然者久之。幸問字者又來三人，前次畫圖不能羼入，乃托老友崔君為補小幅於後，皆就其家寫真而得，其手折桃花者，劉霞裳秀才之室，曹次卿也；其飄帶佩蘭而立者，句曲女史駱綺蘭也；披紅襜褕而若與之言者，福建方伯璵沙先生之季女錢林也。皆工吟詠，綺蘭有《聽秋軒詩集》行世，余為之序。清明前三日袁枚再書。」其後鈐印三方，講究朱白相間，陽陰錯落有致：「己未（一七三九）翰林」（陽文印）、「隨園主人」（陰文印）、「花裡神仙」（陽文印）。如今看來，恰巧暗示了袁枚中進士後，五十多年來，人間陰陽變換的倏忽與無常。

寫真畫家崔澹園，謙虛謹慎，只在畫中鈐陰文「澹」，陽文「園」小印，而沒有屬名。他細心為三位新入門的女弟子，在四周配上了新篁新筍，讓畫面充滿了新的生機。

相較之下，曹雪芹筆下的十二金釵及其他各色女子，陣仗之大，遠非蘇小妹及其粉絲可以想像，其中虛虛實實，真幻雜錯，反倒更能引人遐想繾綣，亟

尤詔、汪恭作《隨園湖樓請業圖卷》局部二。

思多方印證。從海派前期改七薌的《紅樓夢圖詠》，到清末民初楊柳青的《紅樓夢》年畫，無數大小畫家，為大觀園中釵裙的各種活動，繪製理想戲劇場景，無不廣受歡迎，歷久不衰，可見虛構力量之大，常令歷史現實，望塵莫及。

到了嘉慶年間，才女詩人吟詠之風，又層樓更上。比袁子才小五十歲的船山張問陶（一七六四——一八一四）與張氏一門，簡直就成了女詩人俱樂部。乾隆五十一年（一七八六）二十三歲配偶新喪的張問陶，與哥哥問安，為應鄉試，初抵成都。問陶每有詩出，傳抄者眾，一時詩名大噪，滿城盡知。成都鹽茶道林西厓，慕其文才，力求將詩文俱佳的女兒林韻徵，許而配之。經過一番媒聘，二人果然在次年於鹽茶道署，結成連理。於是張氏三兄弟三妯娌，也就是問陶兄問安、弟問萊、嫂陳慧殊、妻林韻徵、弟婦楊古雪，加上四妹張筠，堂姊問端，均以詩詞名世，全家成了名副其實的詩人淵藪。

問陶婚後，時來運轉，二十四歲的他，擺脫家道中落以來，一貧如洗的逆境，於乾隆五十五年（一七九〇）二十七歲時，中進士，點翰林，成為庶吉士，歷任翰林院檢討、都察院御史、吏部郎中，一直做到山東萊州知府。二十年間，他詩書畫三管齊下，名譽滿巴蜀，聲華遍京師。

當時詩壇名家中，最先賞識船山張問陶的是年長十八歲的洪亮吉（一七四六—一八〇九），他在〈題張同年問陶詩卷〉中，毫無保留的推崇道：「我狂可百樽，君捷亦千首。謫仙和仲並庶幾，若說今人已無偶。」直接讓問陶與李白、蘇軾並駕。北江大度惜才，四處致書推薦船山。正在與女弟子遊園的隨園老人，得書亦大為震動，熱切回應道：「吾年近八十，可以死；所以不死者，以足下所云張君詩猶未見耳！」其後，又在〈答張船山太史書〉中云：「詩人洪稚存太史曠代逸才，目無餘子，而屢次來信頌執事之才為長安第一。」愛才若渴的他，誇讚寫詩同樣著重性靈的船山「是八十衰翁生平第一知己！」

船山詩作到底如何？居然一出手，便能得到諸大名家如此青睞。我們試讀他十五歲時所做的五律〈漢陽（戊戌）〉一首，便可明白：

揖讓群峰勢，容予一壑謀。有身從海角，無夢望刀頭。
貧賤悲生事，山川接壯游。英雄留戰地，沙樹落殘秋。

方及志學之年，就有如此老辣翻騰的戲劇之筆，凌空掃來，有如水墨淋漓的大斧劈皴，直下無腳，果然有謫仙風調，難怪要驚動南北詩壇。

他的夫人林佩環筆下亦復不凡。船山除詩書畫俱精之外，還能畫像寫真，曾為夫人作小象，妙得神理，佩環大喜，作七絕一首〈外子為予寫照得其神似以詩謝之〉云：

愛君筆底有煙霞，自拔金釵付酒家。
修到人間才子婦，不辭清瘦似梅花。

居然博得遠近吟誦，成為名詩，傳抄至今。而張問陶的和詩，僅得如此兩句：「畫意詩情兩清絕，夜窗同夢筆生花」，遠遠遜之。

張夫人的畫像，如今已不可得見。不過，張問陶的小像，倒是有所流傳。天下樓幸得林則徐姪孫古閩林葆恆（一八七二—一九四〇？）所藏嘉道時代留傳的《船山先生小象》，上有林氏用顏楷抄錄湖南李元度（一八二一—一八八七）推崇張問陶詩書畫的「船山小傳」。可見享年僅中壽的張問陶，生前死後，粉絲一直不少，從道咸到民國，從兩湖到閩粵，流傳久遠，分布廣大，到處都有死忠的崇拜者。

《船山先生小象》的開臉法，是沿用曾鯨所創的「墨骨凹凸法」，用墨線打底，再以赭石層層，渲染而成，輪廓鮮明，神采奕奕，栩栩如生。葉衍蘭、葉恭綽祖孫編輯《清代學者象傳》第一集，精選同治以前，名賢學者畫家

《船山先生小像》（局部）。

林葆恆藏《船山先生小像》。

一百六十九人小象，由黃小泉摹繪，彩圖印製。其中第三冊第三十九圖是「張問陶像」，與林葆恆藏本相較，姿勢服裝，完全相同，然服飾布料顏色，深淺有異：「葆恆本」設色淡雅素淨，「象傳本」敷彩濃豔突兀。至於面容精神上，則有天淵之別：「葆恆本」目光炯炯，英氣逼人，「象傳本」則摹寫平板無神，流於形式。

詩文之外，船山行書，亦冠絕當時。李元度引《清史列傳》評為「險勁」，蔣寶齡《墨林今話》則讚譽道：「船山才情橫軼，世但稱其詩，而不知其書畫俱勝，書法放逸，近米海岳。」品評得最深刻到位的，還是大書家大藏書家楊守敬（一八三九—一九一五），他指出：「乾嘉間之書家，莫不胎息於金石，博考名蹟，惟張船山、宋芷灣，絕不傍依古人，自然大雅。由於天分獨高，故不師古而無不合於古。」

天下樓藏有船山行書對聯多副，以「宋玉文章騷體在，陶潛心事酒杯知」一聯為例，但見滿紙方筆，縱肆跳躍，粗細寬窄，收放自如，輕重搖曳，一氣呵成，真可謂甩開館閣，超越董趙，直追海岳，暗合山陰。

船山於畫無所不精，山水、人物、花鳥，皆能自成一體。天下樓得緣藏有他四十五歲時的《春山瑞松圖》，筆走董巨之法，墨華香光之趣，雲林、石田，俱出腕底，位置不讓篁村、東山，氣韻直追煙客、廉州。

船山中進士前兩年，能詩擅文的四妹張問筠（一七六八—一七八七），遭夫家侮虐，病逝京師，年僅二十。船山大慟，多次作詩懷之弔之。他在為堂姊張問瑞《淑徵詩草》寫序時，不忘表揚四妹才情，舉其〈江上對月〉詩中的「窈窕雲扶月上遲」一行，譽為佳句；又屢次在詩中說：「閨中玉映張元妹，林下風清道韞詩」、「詠絮乍驚微雪夜，結荷永廢大雷書」，認為她才可比謝道韞、鮑令暉。

乾隆戊申（一七八八）、庚戌（一七九〇），船山兩次寫詩哀悼四妹。在庚戌〈冬日將謀乞假出齊化門哭四妹筠墓〉：「我正東遊汝北征，五年前事尚分明。那知已是千秋別，猶悵難為萬里行。……」說明四妹北嫁那年，他東遊成都，哪知一別竟成千秋之訣。詩題下，有自註云：「妹適漢軍高氏，丁未（一七八七）卒于京師。」

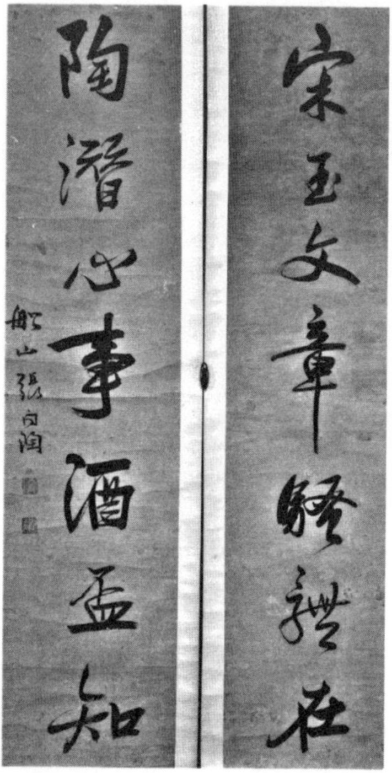

左：《春山瑞松圖》。
右：張船山《行草七言對》。

無巧不巧，後來他有詩〈贈高蘭墅鶚同年〉，自註：「傳奇《紅樓夢》八十回後，俱蘭墅所補。」讓世人意識到，高蘭墅就是列籍鑲黃旗漢軍的高鶚（一七五八—一八一五）。

此一印象與聯想，導致後來震鈞（一八五七—一九二〇）在《天咫偶聞》卷三誤記云：「張船山有妹，嫁漢軍高蘭墅鶚……以抑鬱而卒。」

此說一出，八卦氣味十足，立刻被巴嚕特恩華在他的《三合吏治輯要》引用，並簡化為：「高鶚，張船山妹夫。」其後，尚達翔的〈高鶚生年考略〉亦不察而沿用。惹得民國以來的紅學家如胡適、俞平伯、王利器、周汝昌等，無不輕信此說為正史。連《中國文學家大辭典．清代卷》「高鶚條」亦說他：「早年生活放蕩，一度妮一他人遺孀畹君。後娶張問陶（一七六四—一八一四年）四妹張筠為繼室。」（北京：，中華書局出版，一九九六。）

此一誤謬，只要看過嘉慶二年（一七九七）冬，張問陶為他父親寫的〈朝議公行述〉，便可澄清：「府君諱顧鑑，字鏡千……子三人：問安、問陶、問萊。女二人：長適湖州太學生潘本侃；次適漢軍高揚曾。」原來張芸完全與高鶚無涉。據顧廷龍主編《清代朱卷集成》載：「高鶚，字雲士，號秋甫，別號蘭墅；父：高存住；妻：盧氏。」（台北：成文出版社，一九九二。）鴛鴦譜從此再也不能亂點。

不過，這一條無稽的八卦，對研究《紅樓夢》走火入魔的張愛玲（一九二〇——一九九五），卻是珍貴無比的材料，正好供她在《紅樓夢魘》一書中，大大發揮一番。於是她據此寫下長文〈紅樓夢插曲之一——高鶚、襲人與畹君〉（台北：皇冠出版社，一九七七），引用各種二手材料，任意聯想穿鑿，認為高鶚在續寫《紅樓夢》後四十回時，對襲人大加貶責，是有原因的。

張愛玲指出，高鶚喪妻後，未正式續娶前，曾有一妾名畹君。《中國文學家大辭典》認為畹君是「他人遺孀」，張則根據吳世昌〈從高鶚生平論其作品思想〉（《文史》第四輯）一文，認為畹君是妓女，「在高家還生下了孩子，又要伺候高鶚的衰邁老母，大概也是受不了痛苦，才離開他的。……離異以後，他還常去找她。」而畹君，據張愛玲推測，下堂後，則重操舊業，再入風塵。為此，高鶚把對畹君的不滿，一古腦的，全轉移到襲人身上。

襲人在寶玉未娶寶釵時，已被王夫人默認為寶玉侍妾，命王熙鳳從她的月例裡，勻出二兩銀子一吊錢給襲人，並囑咐，襲人以後和趙姨娘、周姨娘一樣，凡是有趙、周的福利，也少不了襲人一份，地位大大的提升。可是與寶玉有過雲雨之情的襲人，卻在賈府沒落後，嫁給了戲子蔣玉涵。「恨襲人的固然不只他（高鶚）一個，」張愛玲興奮的寫道：「晚清評家統統大罵，唯一例外的王雪香，需要取個『護花主人』的別號，保護花襲人。」所謂虛實難分之語，真幻迷離之論，莫此為甚。

張愛玲推測畹君在高家的時間如下：「高鶚一七八一年死了父親與妻子，一七八五年續娶張船山妹。這該是喪妻後續弦前的四年間的事。」張芸出嫁時，因家中尚未脫貧，所以才願意給人做繼室，可以省下嫁妝費用。正如船山詩中所言：「窮愁嫁女難為禮，宛轉從夫亦可傷。」此種移花接木之想，真幻巧合之證，又添一例。

高鶚的命運與船山相似，續娶張芸後，於乾隆五十三年（一七八八年），中順天鄉試舉人，四年後改寫補完乙本《紅樓夢》，又三年，中乙卯（一七九五）

恩科進士，得殿試三甲第一名。可惜，這三件大事，張芸都沒來得及看到，就過世了。張愛玲從船山弔妹詩：「死戀家山難瞑目，生逢羅剎早低眉」兩句判斷道：「佛經上羅剎可男可女」，並測知「羅剎」可指高母或高鶚；又說「從畹君的事上，可以知道高老太太的手段，張芸這樣的女孩子，更不比畹君，沒有處世經驗，又沒有嫁妝，娘家又沒有人在這裡……當然他（高鶚），對張芸的心理也很複雜。她一共嫁過來兩年，倒有一年是跟著他出去，所以也難說，甚至於他也有份，是給他作踐死的。」張愛玲如此推測，鶚芸夫妻之間，除了有高堂婆婆與下堂畹君夾在中間，以致琴瑟難諧之外，二人婚後的感情默契，也一直沒有培養起來，甚至不能否認，高鶚有虐妻之嫌。

「張芸才二十歲就死了。」張愛玲憤憤不平地寫道：「時人震鈞《天咫偶聞》記此事，說她『抑鬱而卒。……蘭墅能詩，而船山集中絕少唱和，可知其妹飲恨而終也。』」張文裡，這種牽強附會之論，比比皆是。

於是，張愛玲總結了高鶚面對「畹君／襲人」六大情結，認為二人都是「勢利的下堂妾」，「都是相從有年，在（男主人）娶妻前後下堂。表面似被遺棄

——男子出走或遠行——實是負恩。」「畹君兩次落娼寮，為父母賣身」，襲人也與之類似，同時二人身分升高後，立刻「自高身價，像《聊齋》的恆娘一樣」，有「吊人胃口」之嫌，弄得「男子中舉後，斬斷情緣」，因為「下堂妾重墮風塵三年，再覆水重收，被人笑話，太犯不著。」從「勢利下堂妾」到「負恩」到「自高身價」、「吊人胃口」，種種揣測，文章寫到這裡，張愛玲的心態觀點，完全扭曲，簡直是囈語連篇，不知所云，成了名副其實的「夢魘」了。

張芸是否真有詩才，惜因史料不足，無法判斷。她與夫婿高揚曾的婚姻，無論正娶續弦，無論嫁妝有無，都因迅速而降的悲劇，變得微不足道。要不是命中有一個鍾愛鼓勵她的哥哥，她只能無聲無息，未開即落，未點即滅，連後來被張冠李戴，弄真為幻的誤解機會都沒有。

然即便像林佩環這樣的幸運才女，如無緣嫁得深懂惜才的金龜婿，其詩作恐怕連一首也難以傳世。隨園女棣十三人，既有名師指點提攜，又有名畫繪像留影，個個詩集能得緣付梓出版，卻人人在詩濤中相繼沒頂，讓兩百年後的我們，不得不慨嘆認清，要想在文學大海中脫穎而出，沒有奇才實力，是千難萬難，機會渺茫的。反倒不如虛構的黛玉、寶釵，湘雲、香菱，憑藉一些散落在小說裡的零星詩作詩論，居然不斷有人分析討論，津津樂道至今。

窗下敲字世界迴響

真正的大才女易安居士李清照（一〇八四—一一五一），在四十六歲喪偶之前，以奇絕詩詞、閒適格調自我完成，並以此悉心經營婚姻的完滿。此後，她家亡國破，坎坷顛簸流離，於悽愴飄零之際，痛定思痛，轉以沉鬱縱橫之健筆，縫補人生無奈之缺憾，突破閨閣窠臼，方能名垂千古。

這樣說來，還是虛構的才女如蘇小妹，活得自在，完全不受現實細節干擾，也無須留下遺作以備驗證，可以隨時逞才使氣，滿口機鋒，占盡上風，而無任何後顧之憂；等到名聲壯大後，還可以堂而皇之，進入繪畫、進駐舞台，圖文並茂，四處流傳，博得欽羡的眼光。

我巧遇七薌《會文圖》後，曾經庋藏多年，秘不示人。然而此畫實在是藝術史上難得的重要精品，一時技癢，不免草成小文一篇〈詩畫皆天授的改琦——海上畫派及晚清繪畫漫談之一〉，投稿《故宮月刊》（一九九四），不料該刊發了個頭條，弄得不少人注意，過了好一陣子，終於惹來妹妹電話關切，說要看畫。

我無從拒絕，只好十分小人的事先與她約法三章，一不准當場搶去，二不可開口要借，三不可強迫出讓。果然，在下午上工前，她抽空興沖沖的來到小石園，居然非常君子的，仔仔細細，看了一陣子畫，臨走前，好像突然懂事許多的她，拋下一句：「只要成了名，就會被人又寫又畫，假的也變成真的；沒有名，沒人畫，沒人寫，就是真的，也會轉眼成空。」我想，妹妹之所以會忽發感慨如此，是因為就在那一年，她的閨密好友于楓，忽然上吊輕生，對她造成深沉打擊所致。

妹妹出殯前，台北《中國時報》特闢整版專刊，希望我配合一篇回憶文章，為她送行。於忙亂之際，我倉促抽空，在書房東窗下，用筆電敲打出〈比大哥哥都還要高——如何學做羅霈穎的哥哥〉一文以應。沒想專刊在公祭當天發行後，各界多有返響，讓我有每月一篇，繼續寫下去的機會。不久，迴響不單從海峽兩岸，也從世界各地傳來。

其中，以北美當代著名攝影裝置藝術家羅思（Tom Rose），特地拍攝的一張照片〈Half hidden from the eye〉（護花），最為動人。畫面以觀者隔窗為視角，無意瞥見一片濃綠垂蔭葉，環抱一叢紅盆小白花，意象簡單樸素，而象徵意味十足，非常耐看。題名所引詩句

〈Half hidden from the eye〉（護花）。

Loy Luo〈兄妹情〉。

Half hidden from the eye（若隱若現），典出華次華滋的著名詩組：《露西謠》中的第一首，哀弔鄉野佳人露西早夭，詞句清新動人，是我大一時的最愛，至今都還能一字不差的背誦。

另外，我從不相識的紐約藝術家Loy Luo，居然費心蒐集資料，專為我們兄妹，製作素描畫像一張，避開浪漫濫感的習套，以冷靜、銳利的筆觸，為我們傳神，其匠心之冷逸，大大出人意外。以藝術的洞見，高超的畫技，Loy 藉畫像的完成，彌補了永遠無法完滿現實，因為我已多年未與妹妹合照了。

INK PUBLISHING

文學叢書 672

如何學做小妹妹的大哥哥
——誰在懷念羅霈穎

作　　者　羅　青
圖片提供　羅　青
總 編 輯　初安民
責任編輯　宋敏菁
美術編輯　陳淑美
校　　對　吳美滿　羅　青　宋敏菁

發 行 人　張書銘
出　　版　INK 印刻文學生活雜誌出版股份有限公司
新北市中和區建一路249號8樓
電話：02-22281626
傳真：02-22281598
e-mail：ink.book@msa.hinet.net
網　　址　舒讀網www.inksudu.com.tw

法律顧問　巨鼎博達法律事務所
施竣中律師
總 代 理　成陽出版股份有限公司
電話：03-3589000（代表號）
傳真：03-3556521
郵政劃撥　19785090　印刻文學生活雜誌出版股份有限公司
印　　刷　海王印刷事業股份有限公司

港澳總經銷　泛華發行代理有限公司
地　　址　香港新界將軍澳工業邨駿昌街7號2樓
電　　話　852-2798-2220
傳　　真　852-2796-5471
網　　址　www.gccd.com.hk

出版日期　2022年1月　初版
ISBN　978-986-387-499-7
定價　360元

國家圖書館出版品預行編目(CIP)資料

如何學做小妹妹的大哥哥——誰在懷念羅霈穎／羅青 著.
--初版. --新北市中和區：INK印刻文學，2022. 01
面； 14.8 × 21公分. --（文學叢書；672）
ISBN 978-986-387-499-7 (平裝)

863.55　　110017712

舒讀網